長編ネオ・ピカレスク

悪党社員　反撃

「裏社員　反撃」改題

南　英男

祥伝社文庫

目次

プロローグ

魚信《アタリ》があった。

街風直樹《まちかぜなおき》は胴突き竿《ざお》を摑《つか》み上げた。

引きは、かなり強かった。

本命の鯛《たい》の引きではない。外道《げどう》だろう。カサゴか。あるいは、カワハギかもしれない。

街風はスタードラッグ・リールのハンドルを操《あやつ》りはじめた。

だが、すぐにハンドルが回せなくなった。強烈な引きだ。

自動的にスプールが回転し、テトロン糸が流れていく。竿は大きく撓《しな》り、穂先が海中に没している。

小田原《おだわら》沖だった。

十一月のある日曜日の午後一時過ぎだ。晴天である。典型的な小春日和《こはるびより》だった。

海は凪《な》いでいた。ほとんど波頭も見えない。

街風は乗合船の船首近くに腰かけていた。

客は街風を含めて十三人だった。中高年が多い。

狙《ねら》いは真鯛だったが、船尾にいる男が一枚釣ったきりだ。街風も外道のカサゴとウマヅラハギを一尾ずつ釣り上げただけだった。

小田原市の早川《はやかわ》港を出たのは、午前八時だ。

二度ほどポイントを変えたが、客たちの釣果《ちょうか》は芳《かんば》しくない。しかし、街風は別に焦《あせ》りも苛立《いらだ》ちも感じていなかった。

のんびりと釣糸を垂《た》れているだけで、気分が和《なご》む。仕事や家庭のことも忘れられる。

街風は関東テレビ制作部のプロデューサーである。

ちょうど四十歳だ。三十代の前半から、主にドラマを手がけてきた。

テレビ局の制作《し》スタッフは一般的なサラリーマンよりは自由な面が多いが、仕事そのものは繁雑で緊張も強いられる。

プロデューサーの街風は企画の立案から、制作予算の確保、脚本家や出演者選び、主題歌の選曲、ビデオ編集のチェックまでこなさなければならなかった。時には、ディレクターの演出にも口を挟《はさ》まなければならない。

守備範囲が広く、責任も重かった。

それなりの高給を得ていたが、勤務中はいつも神経が張りつめていた。実際、気の休まるときがなかった。ゴルフ嫌いの街風にとって、子供のころから親しんできた魚釣りは唯一の息抜きだった。

川、池、砂浜の投げ釣り、防波堤釣り、磯釣り、沖釣りとひと通り体験してきたが、乗合船での海釣りが最も寛《くつろ》げる。たまたま同じ船に乗り込んだ人々とは、なんの利害もない。気を遣《つか》う必要がないから、思う存分に開放的な気分に浸《ひた》れる。それが魅力だった。

街風は気が向くと、月に二、三回、乗合船で海釣りを愉《たの》しんでいる。

まったくの坊主ということは一度もない。先月は同じ相模《さがみ》湾で、オアカムロアジを三十数尾も釣った。その日の竿頭《さおがしら》だった。

魚の引きが幾分、弱まった。

取り込むチャンスだ。街風はロッドを上下に動かしながら、手早く道糸を巻き揚《あ》げはじめた。

二十メートルあまり巻いたとき、突然、リールが軋《きし》んだ。また、魚が暴《あば》れはじめたのである。

ふたたび糸ふけが長くなった。

と思ったら、ふっと竿が軽くなった。どうやらハリスを切られたようだ。逃《のが》した獲物《えもの》は小ぶりのシイラか、カンダイだったのか。

街風はリールのハンドルを回しつづけた。やはり、ハリスは消えていた。

「バレちゃったね」

隣の初老の男が言った。声には、同情が込められていた。

「残念です」

「あの引きはモロコだよ」

「そうでしょうか」

街風は短く答え、急いで仕掛けを作り直した。

相手の男は、もう話しかけてこなかった。マナーを心得ているようだ。ありがたかった。長々と喋《しゃべ》られたら、うっとうしい。

街風は生きた小海老《えび》を餌《えさ》にして、また仕掛けを投入した。

小まめに誘いをかけてみるが、いっこうに魚は餌に喰《く》いつかない。ほどなく潮目《しおめ》が変わり、時間だけが虚《むな》しく流れ去った。

「そろそろ上がりますんで、よろしく!」

五十年配の船頭が、すまなそうな顔つきで客たちに告げた。

何人かが溜息《ためいき》をついた。三時十分前だった。

街風は竿を納《おさ》め、釣り上げた二尾の外道をバケツから青いクーラー・ボックスに移した。

たとえ外道でも、釣った魚は極力食べることにしていた。それが殺生《せっしょう》をした者の最低の礼儀だろう。

乗合船がアンカーを巻き揚げ、早川港に引き返しはじめた。

頰《ほお》を撫《な》でる風は、やはり冷たい。街風はデザイン・セーターの上に、フード付きのパーカーを羽織《はお》った。

二十分ほど経《た》つと、陸《おか》がうっすらと見えてきた。数隻の仕立て船や乗合船が前を滑っている。

海岸道路を走行中のパトカーのサイレンが風に乗って、かすかに響いてきた。

そのとたん、街風は胸苦しさを覚えた。手錠を打たれる自分の惨《みじ》めな姿が一瞬、脳裏《のうり》を掠《かす》めた。

街風は、職場では恵まれた存在だった。

花形ドラマ・プロデューサーとして、五年前から常に三十パーセント前後の高視聴率を稼《かせ》いでいる。年収は二千万円近い。

中肉中背で平凡なマスクだが、女性社員やタレントに慕《した》われている。他人の悲しみや憂《うれ》いに多少、敏感だからだろうか。

十年前に結婚した妻の春奈《はるな》は、聡明で美しい。三十三歳だが、まだ若々しかった。

同僚や仕事の関係者たちは一様《いちよう》に街風を羨《うらや》んでいるが、彼にも悩みがあった。この夏に八歳になった愛娘《まなむすめ》の静香《しずか》は生まれつき心臓に欠陥があり、毎年のように手術を受けてきた。

仕事に追われている街風はひとり娘のことを気にかけながらも、妻に介護を任《まか》せっきりにしていた。春奈は静香の看病に疲れ、いつからか酒に溺《おぼ》れるようになった。

そんな妻が飲酒運転による事故を起こしたのは、一年数ヵ月前だった。

その事故で、春奈は下半身不随の体になってしまった。街風は妻に多大な負担をかけていたことを深く反省し、できるだけ静香の面倒を見るようになった。

しかし、それを長くつづけることは難しかった。プロデューサーがいつも定時に帰るわけにはいかない。

街風は車椅子の生活になった春奈のために、世田谷区用賀《せたがやようが》にある自宅を段差のないバリアフリーに改築した。それでも体にハンディのある妻には、娘の介護は大きな負担だったのだろう。

春奈が娘を道連れに無理心中を図《はか》りかけたのは、半年ほど前のことだ。

街風は大きなショックを受けた。妻がそこまで思い詰めているとは、まるで気がつかなかった。

街風は、妻子をかけがえのない存在と思っていた。事実、二人の存在は大きな張りにもなっている。なぜ、春奈は悩みを打ち明けてくれなかったのか。

妻が妙な遠慮をしたのは、それだけ絆《きずな》が弱まったからだろう。他人行儀な暮らしが長くつづいたら、いつか家庭崩壊を招くことになるかもしれない。

危機感を覚えた街風は、家族の結びつきを強めたいと切実に思った。それには、まず静香の病気を完治させなければならない。

アメリカの優秀な心臓外科医の手術を受ければ、娘は健康体になれる。ただし、渡航費などを含めて三千五百万円の手術費用が必要だった。

街風は自宅を処分して、ひとり娘の手術費用を捻出《ねんしゅつ》する気になった。

しかし、バブル崩壊直後に購入した建売住宅の資産価値は無情にも半分以下に下がってしまった。ローンを一括返済したら、手許《てもと》には数百万円しか残らない。

街風は金策に駆けずり回ったが、無担保で巨額を融資してくれる者はいなかった。

勤め先にも、退職金の前借りを頼んでみた。だが、前例がないという理由で断られてしまった。なんとかしなければならない。

追いつめられた街風は、下請けの番組制作会社に制作費を千五百万円ほど水増し請求させ、その分をそっくり着服した。また、新連続ドラマの主題歌を狙っていた大手レコード会社には二千万円の袖《そで》の下を要求した。

人気テレビ・ドラマの主題歌は、たいていミリオン・セラーになる。

そんなことで、各レコード会社の売り込みは烈《はげ》しい。他局のプロデューサーが超高級外車や別荘をプレゼントされたという噂《うわさ》は、街風の耳にも入っていた。銀座の超高級クラブで接待され、帰りに一千万円の車代を渡されたプロデューサーもいるらしい。

街風は後ろめたさを感じながらも、汚れた金で娘にアメリカの大病院で手術を受けさせた。

手術は大成功だった。術後丸三カ月が経過しているが、いまでは静香は健康そのものだ。走ることも跳《と》ぶこともできる。

妻は娘の看病から解放され、すっかり明るくなった。静香も、よく笑うようになった。

街風は、妻には退職金の前倒しで手術費用を工面《くめん》したと言い繕《つくろ》っていた。

春奈は、その話を信じきっている様子だ。街風は後ろ暗さを覚えながらも、事実を打ち明ける気はなかった。今後も嘘をつき通すつもりでいる。

街風は家族との絆が強まったことには満足しながらも、絶えず名状しがたい怯《おび》えと不安にさいなまれていた。悪夢に魘《うな》されて夜中に跳《は》ね起きたことも、一度や二度ではない。

番組制作会社に水増し請求させた分をこっそり懐《ふところ》に入れていたことが発覚すれば、れっきとした横領罪だ。

タイアップを狙って裏金を用意したレコード会社の主題歌は、局内の事情で別の会社の新曲と差し替えられることが先月、正式に決まってしまった。いずれ、袖の下を使った大手レコード会社から詐欺《さぎ》罪で訴えられることになるだろう。

そうなったら、当然、解雇されるはずだ。それだけでは済まない。横領罪と詐欺罪で起訴されたら、実刑判決は免《まぬが》れられないだろう。

(とうとう犯罪者になり下がっちまったな。しかし、後悔はしてない。愛《いと》しい者たちのためなら、前科者になってもかまわない。もし事件が露見したら、潔《いさぎよ》く手錠を打たれよう)

街風は悲愴な覚悟をして、海原を眺めた。

相模湾は西陽《にしび》を受け、緋色《ひいろ》に染まっていた。

第一章　汚れた裏取引

1

重いスチール・ドアを開けた。

関東テレビの第六スタジオである。月曜日の午後四時過ぎだ。局は港区赤坂にある。

街風はセットに近づいた。

セット・リハーサルの最中だった。出演者たちが、それぞれの台詞《せりふ》や動きを確認している。きょうは連続青春ドラマ『明日《あした》通りのメランコリー』の第九回分のスタジオ収録最終日だった。

セットはワンルーム・マンションの一室だ。高い天井にはレールが何本も這《は》い、照明が幾《いく》つも設置されている。

セットの前には数台のモニターとテレビ・カメラが並んでいた。クレーンの準備も整っていた。床には、たくさんのケーブルがとぐろを巻いている。

セットの周りには、カメラマン、音声係、照明マン、AD《アシスタント・ディレクター》など制作スタッフが待機していた。

彼らは関東テレビの局員ではない。全員、番組制作会社『フロンティア』のスタッフだ。

テレビ番組は必ずしも各局の社員だけで制作しているわけではない。ふた昔前までは自社制作の番組が多かったが、現在は約七割が下請《う》けの番組制作会社の協力を得て番組をこしらえている。

それは、ドラマに限ったことではない。ドキュメンタリー番組、バラエティ番組、クイズ番組、それからニュース・ショーやワイド・ショーも同じだった。

自社で番組を作るよりも、外注のほうが制作費がはるかに安く上がるからだ。

外注には、三つの形態がある。一つは完全外注と呼ばれているもので、番組制作会社に番組を完成品として作らせる。この種の番組を完パケ（完全パッケージ）という。

次のタイプは、局とプロダクションが共同制作する。もう一つは局制作でありながら、番組の一部コーナーを外注するケースだ。

最後のタイプの場合は業務内容によって、四種類に分けられる。

番組の一部コーナーの制作だけを請け負わせるもの、ディレクターやADなどを借り受けるもの、照明マンやカメラマンなど技術スタッフを借り受けるもの、大道具、小道具、美術、衣裳、メイクなど美術スタッフの協力を仰《あお》ぐケースの四つだ。

番組制作会社は大手から零細まで含めると、約千社もある。テレビマンユニオン、テレパック、木下プロダクション、ユニオン映画、イースト、オフィス・トゥ・ワンといった会社が老舗《しにせ》格で、オン・エアー、クリエイティブ・ジョーンズ、ゼット、ドキュメンタリー・ジャパン、ネクサス、テレコム・ジャパン、アマゾンなどが大手と呼ばれている。

そうした番組制作会社はたいてい百人以上の社員を抱えているが、スタッフ数四十人前後という中堅プロダクションが圧倒的に多い。マンションの一室を借りている零細業者の数も少なくない。

一部の番組制作会社を除いて、どこも下請けプロは金銭的に潤《うるお》っていないのが実情だ。

ある企業が一社提供でゴールデン・タイムに一時間の非ドラマ番組のスポンサーになるには、三千万円前後の制作費に加えて同額の電波料を用意しなければならない。

制作費は、まず広告代理店に渡される。代理店は二十パーセント前後の営業費を差し引き、テレビ局に二千四百万円程度の制作費を回す。

テレビ局はそこから二、三十パーセントのピンをはね、残金を下請けの番組制作会社に流す。その時点で三十パーセントのピンをはねられたら、制作プロには一千七百万円弱しか入らない。

制作会社が二十パーセントのマージンを取ったら、実質的な制作費は一千三百五十万円程度だ。その中から出演料、技術や美術の経費、取材費などが支払われているわけだ。時には、儲《もう》けを吐き出さなければならないこともある。

三千万円前後の電波料のうち二割が広告代理店の儲けで、残りはネット局に分配される。むろん、番組制作会社に金は入らない。

同じ条件でもドラマだと、制作費は二、三倍になる。当然、電波料もスライドする。大物俳優や人気女優を起用した場合、番組スポンサーは制作費と電波料を併《あわ》せて一時間もので二億円以上は払わなければならない。

街風は制作スタッフたちに目で挨拶《あいさつ》し、出演者に演技指導をしているチーフ・ディレクターの宮口《みやぐち》修司《しゅうじ》の肩を叩いた。

すぐに宮口が振り返った。口髭《くちひげ》と顎鬚《あごひげ》をたくわえた三十二歳のディレクターは、関東テレビの局員だ。

「何か問題は？」

街風は訊《き》いた。

牧村《まきむら》早紀《さき》がちょっと風邪《かぜ》気味ですが、長い台詞はありませんから、別に問題はないでしょう」

「そうか。『フロンティア』の有馬《ありま》社長は？」

「きょうは、まだスタジオに顔を出してません。何か有馬さんに用があるんですか？」

「いや、特に大事な用があるわけじゃないんだ」

「街風さん、ワン・クール一杯の十二回構成にすべきでしたね。十回だと、なんか肌理《きめ》が粗《あら》くなるような気がして……」

「説明過多なドラマが多すぎるって言ってたのは、おまえだぜ」

「そうなんですが、最終回が迫ってきたら、なんか舌足《た》らずの演出じゃないかと思えてきたんです」

「宮、もっと自信を持てよ。おまえの演出はシャープで、なかなかいい」

「ほんとにそう思ってくれてます？」

「もちろんさ。おまえが独善的な演出をしたら、口を挟《はさ》むつもりだったんだが、そのチャンスはなかったよ」

「視聴率三十パーセントを割ったら、街風さんに申し訳ないから、ちょっとナーヴァスになってるんです。さっきもADの女の子を怒鳴《どな》りつけちゃいましてね」

「もっと肩の力を抜いて、気楽にやれよ。今回、全編の演出をおまえに任《まか》せたわけだが、視聴率のことなんか気にするなって」

「そう言われても、プレッシャーを感じちゃいますよ」

「視聴率が落ちたら、おれが責任をとる。だから、伸び伸びとやれって」

「わかりました。それじゃ、そうさせてもらいます」

宮口が言い、出演者やスタッフにドライ・リハーサルに移ることを告げた。

ドライ・リハーサルは、プロデューサーやディレクターが演技をチェックするためのものだ。

宮口がリハーサルを見ながら、台本にてきぱきとカメラ割りの番号を入れていった。

ドライ・リハーサルが済むと、カメラ・リハーサルに入った。宮口が照明やカメラの位置を確認し、主演の男優と女優に念入りなメイクが施《ほどこ》された。

セット内のガラス・テーブルに、コーヒーやクッキーなどの〝消え物〟も用意された。主人公の婚約者役の女優がベッドに凭《もた》れて、物思いに耽《ふけ》っている。彼女は貿易商社のOL役だった。

恋人のコンピューター・エンジニアは急に会社を辞《や》め、数カ月前に南米に放浪旅行に出かけてしまったという設定だった。彼女は恋人の行動に不信感を抱き、職場の同僚に求愛されて揺れ惑《まど》いはじめているというシナリオになっていた。

同僚からラブ・コールがかかってきたとき、南米にいるはずの恋人が不意に部屋にやってくるという運びになっていた。

カメラを使った通し稽古《ランスルー》が終わると、街風は宮口とともに副調整室《サブ》に回った。

副調整室《サブ》の正面には大型のマスター・モニターが嵌《は》め込まれ、その下に一カメから六カメまでのモニターが並んでいる。

すでに進行表とストップウォッチを手にした女性タイム・キーパーと若い男性テクニカル・ディレクターがスイッチャー卓に向かっていた。テクニカル・ディレクターはカメラの切り替えや音声の調整をするのが仕事だ。

「それじゃ、本番に入ります」

宮口が緊張した顔で中央のディレクター・チェアに腰かけ、俗に〝天の声〟と呼ばれている指示マイクを手に取った。スタジオのスタッフたちは、インカムでディレクターの指示を受けるわけだ。

街風は長椅子に坐り、マスター・モニターを見上げた。

ほどなく本番に入った。

主演女優は少し鼻声だったが、それほど耳障《ざわ》りではなかった。カメラ・リハーサルと同じように、スムーズに演技がつづけられた。

(宮も、もう一人前のチーフ・ディレクターに育ったな。ADのころは、いつもおれに怒鳴られてた奴がここまで成長したのか。あと一、二年したら、あいつもサブ・プロデューサーだな)

街風は宮口の背を見ながら、胸底《きょうてい》で呟《つぶや》いた。

宮口は根っからの映画好きで、映画会社に就職する気だったらしい。しかし、二社の入社試験に落ち、やむなく関東テレビに入ったという話だった。

街風も学生時代にプライベート・フィルムを何本か撮《と》っていた。できれば、映画会社に入りたかった。だが、大手の映画会社は求人をしていなかった。

似たような動機で関東テレビに入ったこともあって、街風は宮口に特別な親しみを感じていた。チーフ・ディレクターになって間もなく、宮口を〝街風組〟のスタッフに加えた。むろん、最初はADだった。

ADは、いわば使い走りだ。出演者たちの世話、弁当や車の手配、ロケ地での交通整理と一日中、雑用に追いまくられる。スタジオ収録のときは、他の制作スタッフ全員の助手として働かなければならない。

少しでもしくじれば、上役のディレクターに怒声を浴びせられる。カメラマンや照明マンに叱《しか》られることもある。

時には自分よりも年下のタレントのために、煙草《たばこ》やパンティ・ストッキングを買いに走らなければならない。

食事時間は、せいぜい十分か十五分だ。撮影現場の後片づけもしなければならないから、どうしても睡眠時間は短くなる。ひどい場合は三日も四日も入浴できない。

過酷な仕事だが、宮口は耐え抜いた。ディレクターに昇格したのは、二十八のときだった。

それ以来、宮口は単発のドラマを手がけたり、連続ドラマの共同演出を受け持ち、少しずつ力をつけてきた。忙しいからか、まだ独身だった。特定の恋人もいない様子だ。

やがて、スタジオ収録が終わった。

「お疲れ！　スタッフ・ルームで待ってるよ」

街風は宮口に声をかけ、先に副調整室《サブ》を出た。

スタッフ・ルームは、ドラマごとに作られる。といっても、かつて使われていたスタジオをパーティションで区切っただけの小部屋だ。ドラマ収録が終わると、机、ソファ・セット、複写機、ファクシミリ、電話機などはただちに片づけられる。

街風は同じ一階の旧第八スタジオの中にあるスタッフ・ルームに入った。制作スタッフは誰もいなかった。

街風は中ほどに置かれたソファ・セットに歩み寄り、長椅子に腰かけた。

ラーク・マイルドに火を点《つ》け、両脚《りょうあし》をコーヒー・テーブルに載《の》せた。いま手がけている連続ドラマは、来年一月中旬から放映される予定になっていた。十二月いっぱいで最終回の収録が終了すれば、このスタッフ・ルームは空《から》になる。

企画を立案したのは、七カ月前だった。

すぐに若手のシナリオ・ライターに脚本の執筆を依頼し、ロケ・ハンティングに入った。キャストが決定し、第一回分の撮影に取りかかったのは四カ月前だ。

それ以来、ほぼ月二回分のペースで撮影を進めてきた。街風がADのころは、一時間ドラマは一週間で作るのが当たり前だった。しかし、そのペースではどうしても仕事が粗《あら》くなってしまう。

街風はチーフ・ディレクターになってからは、丁寧《ていねい》なドラマ作りを心がけてきた。その姿勢が視聴者に伝わり、そこそこの視聴率を稼ぐことができるようになったのだろう。

短くなった煙草の火を消したとき、宮口がスタッフ・ルームに入ってきた。彼は冷蔵庫から缶コーラを二つ取り出してから、街風の前に腰を落とした。

「残すとこは最終回だけですね」

「そうだな」

「『フロンティア』の連中、よく働いてくれましたよ」

「そうか。有馬社長の職人気質《かたぎ》が社員たちに滲透《しんとう》してるからな」

街風は缶コーラのプル・トップを引き抜いた。

「有馬さん、日東テレビにいたときは金のかかるドラマばかり作って、毎回、上役に厭味《いやみ》ばかり言われてたそうですね？」

「そうだったみたいだな。で、広報に飛ばされたらしいんだ」

「それで腐って、独立したんでしょ？」

「ああ、そう聞いてる」

「有馬さんは街風さんより、五つか六つ年上ですよね？」

「六つ上だよ」

「有馬さん、制作費のことで文句を言ったことないけど、ちゃんと商売になってるのかな？」

宮口が言った。

話が制作費に及んだとたん、街風は気が重くなった。有馬充《まこと》の取り分から、千五百万円を吐き出させたわけではなかった。一回に付き約百五十万円の水増し請求させた分は、あくまでも局の金だ。

それでも、職人肌の有馬に悪事の片棒を担《かつ》がせたことには変わりはない。有馬は不本意ながらも、発注主のプロデューサーの意向を呑《の》んだのだろう。

「次回の連ドラも、ぜひ『フロンティア』と組みたいですね」

「そうするつもりだよ」

「今回の視聴率が悪かったら、そのチャンスはないかもしれませんが……」

「心配するなって。おまえが全力投球したんだから、いい数字が出るはずさ」

「そう思うことにします」

宮口が缶コーラの栓《せん》を抜き、半分ほど一息に飲んだ。街風も喉《のど》を潤した。

「その後、静香ちゃんはどうしてます？」

「毎日、外で遊び回ってるよ」

「それは、よかった。奥さんの体も元通りにならないもんですかねえ」

「専門医にいろいろ当たってみたんだが、その望みを叶《かな》えてやることは難しそうだな」

「そうですか。奥さんがいちばん辛《つら》いでしょうが、街風さんも大変ですね」

「おれは仕事人間だから、女房には恨《うら》まれてると思うよ」

「そんなことはないでしょう？」

宮口がそう言って、焦茶《こげちゃ》のコーデュロイ・ジャケットのポケットから煙草と簡易ライターを取り出した。

ちょうどそのとき、スタッフ・ルームの電話が鳴った。宮口が立ち上がって、スチール・デスクに走り寄った。

電話の遣《や》り取りは短かった。宮口が受話器を置き、すぐに言った。

「部長でした。街風さんに、三階に戻るよう伝えてくれと……」

「そうか」

「なんか機嫌の悪そうな声でしたよ。何かあったんですか？」

「部長の娘に手をつけちまったんだ」

「えっ⁉」

「冗談だよ。制作費を少し抑《おさ》えろとでも叱言《こごと》を言われるんだろう」

街風は立ち上がり、スタッフ・ルームを出た。

制作部は三階にある。エレベーター・ホールに急ぐ。

エレベーターを待っていると、後ろからアナウンサーの上松《うえまつ》沙也加《さやか》に声をかけられた。

「わたし、嫌われちゃったみたいね」

「なんだい、いきなり？」

「もう四ヵ月近くお誘いがないんだもの」

「娘の手術があったり、連ドラの収録があったりで忙しかったんだ」

街風は小声で言った。

沙也加とは他人ではなかった。といっても、愛人関係と言えるほどの濃密な間柄ではない。二人は気が向いたときに一緒に酒を飲み、そのついでに寝るという大人同士のつき合いをしていた。

エレベーターが来た。

二人は乗り込んだ。二十七歳の沙也加は独身主義者で、ニュース・キャスターになりたがっていた。報道部の部長とも親しいという噂があったが、街風は沙也加の男性関係には特に関心はなかった。

エレベーターが上昇しはじめた。

「もうじき連ドラの収録が終わるんでしょ？」

「最終回だけが未収録なんだ」

「それじゃ、クランク・アップになったら、また誘って」

沙也加が媚《こび》を孕《はら》んだ声で言った。

「おれとつき合っても、いいことはないぜ」

「予防線を張ってるつもり？　心配しないで。わたし、街風さんの家庭に波風を立てる気なんかないから」

「男と気楽に遊ぶつもりなら、独身の奴を選んだほうがいいと思うがな」

「独身男は駄目よ。だって、ちょっと親しくなると、すぐにまとわりつこうとするんだもの。そういうのは、うっとうしいわ」

「妻子持ちだって、のめり込む奴がいるかもしれないぜ」

「そういう男性には近づかないようにしてるの。やっぱり、街風さんがいいわ。あなたの前だと、わたし、とても素直になれるの。一種の精神安定剤ね」

「言ってくれるな」

「うふふ。ほんとに声をかけてね」

「機会があったら、そうしよう」

街風は曖昧《あいまい》に答えて、先に三階で降りた。アナウンサー室は五階にあった。

制作部に入ると、奥から部長の天野常幸《あまのつねゆき》が大股で歩み寄ってきた。

まだ五十一歳だが、額《ひたい》が大きく禿《は》げ上がっている。細身で、馬面《うまづら》だ。

「部長、何か？」

「一緒に常務室に行ってくれ」

「常務室ですか？」

街風は問い返した。

「そうだ。きみは、とんでもない男だな」

「どういう意味なんです？」

「一緒に来れば、わかるよっ」

天野が苦々《にがにが》しげに言い、先に廊下に出た。

街風は後に従った。エレベーターで七階に上がり、常務室に入る。

常務の染谷秀平《そめやしゅうへい》と総務部長の松尾久紀《まつおひさのり》が総革張りの黒いソファ・セットに並んで腰かけ、何やら深刻そうな表情で話し込んでいた。

染谷は五十四で、松尾は五十二だった。二人とも頭髪に白いものがだいぶ混《ま》じっている。

「坐りたまえ」

天野が街風に言い、先にソファに腰かけた。

街風は天野のかたわらに坐り、キャメル・カラーのカシミア・ジャケットの襟許《えりもと》を直した。下は薄手の黒のタートルネック・セーターだった。スラックスはオリーブ色だ。

「きみをなぜ呼んだか、おおよその察しはついてるな?」

斜め前にいる染谷常務が口を切った。

「いいえ、わかりません」

「なら、ストレートに言おう。きみは『フロンティア』に制作費を水増し請求させ、一千五百万円を着服した。それから、フェニックス・レコードからは二千万円を騙《だま》し取った。主題歌のタイアップ話を餌にしてな」

「常務、待ってください」

「きみ、往生際《おうじようぎわ》が悪いぞ。内部告発があって、きみの悪事の裏付けはとってあるんだ。『フロンティア』の有馬社長もフェニックス・レコードの日夏《ひなつ》制作部長も、その事実を認めたんだよ」

「申し訳ありません。娘の心臓の手術費用の三千五百万円の都合がつかなくて、つい不正な手段を使ってしまったんです」

街風は観念し、あっさり罪を認めた。

「きみのやったことは、横領罪と詐欺罪に当たる。悪事が表沙汰《おもてざた》になったら、家族がどんなに悲しむか」

「どうか温情のあるお取り計らいを……」

「妻子や親族に辛い思いはさせたくないよな？」

「はい、それはもう。三千五百万円はわたしの退職金と貯《たくわ》えで必ず弁済しますから、どうか穏便に。もちろん、辞表を書きます」

「きみが関東テレビのために、ひと働きする気があるなら、救いの途《みち》もある」

染谷がもったいぶった口調で言い、横にいる松尾総務部長に目で合図した。松尾が大きくうなずき、街風を見据《す》えた。

「フェニックス・レコードとは、来年秋の連ドラの主題歌でタイアップすることで、すでに話をつけてある」

「ほんとうですか⁉」

「ああ。きみが協力してくれるなら、着服した一千五百万円にも目をつぶってやろう。その代わり、これから新設する総務部特別調査室に来週から移ってもらう。といっても、これは正式な人事異動ではない。制作部に籍を置いたまま、わたしの部下として働いてもらう。表向きはこれまで通りという形だが、実質謹慎《きんしん》扱いということだな。いま担当してる制作中の番組のプロデュースは、別の者に引き継《つ》がせることになるだろう」

「最終回の収録が残ってるだけなんです。せめてクランク・アップまで待っていただけませんか。部長、お願いします」

街風は制作部長の天野に頼み込んだ。天野は無言で首を横に振った。

「前科者になりたくなかったら、会社側の言うことを聞くんだね」

松尾が冷ややかに言った。

「わたしに何をやれとおっしゃるんです？」

「少しばかりダーティな仕事をしてもらう。実は、リストラ退職に追い込みたい社員が十人近くいるんだよ。きみに、リストラ対象者たちの弱みを押さえてもらいたいんだ。弱みや非がない場合は、スキャンダルをでっち上げてくれないか。そのための活動資金は惜《お》しまない。必要なら、女も用意しよう」

「そんな卑劣なことはできません」

「悪党がいまさら善人ぶるとは、お笑い種《ぐさ》だな」

「しかし……」

「きみに選択の余地はないはずだがね。それとも、刑務所に行くかい？　汚れた人間がダーティな仕事をしても、どうってことないじゃないか。家族が大事なら、思い切ることだな。全面的に協力してくれたら、きみの希望を叶えてやってもいいよ」

「いいでしょう。リストラ対象者のリストを見せてください」

街風は肚《はら》を括《くく》った。

松尾がリストを差し出した。ドラマ作りの基本を教えてくれた昔の上司から、宮口の名前まで記載されていた。リスト・アップされた九人は、職人気質のディレクターや元プロデューサーばかりだった。

「宮口は、そのうち名プロデューサーになれる男です。なぜ、彼までリストラ退職に追い込まなきゃならないんです？」

「いまの視聴者はドラマに職人芸を求めてないし、金のかかる芸術作品も期待してないんだ。内容が薄っぺらでも、制作費が安くて面白《おもしろ》ければいいのさ」

「そうでしょうか。わたしは、松尾部長のお考えには賛成できませんね」

「ここでドラマのあり方を論争しても仕方がない。きみは、せっせと裏仕事をすればいいんだ」

松尾が嘲笑《ちょうしょう》した。ほかの二人も薄笑いを浮かべた。

（くそったれども！）

街風は三人を順番に睨《ね》めつけた。

2

二人の間に沈黙が落ちた。

街風は、小さな喫茶店で有馬と向かい合っていた。店は一ツ木《ひとつぎ》通りに面していた。

「有馬さんには迷惑をかけてしまったな。下手《へた》をすると、もううちの局の仕事はできなくなるかもしれません。それを考えると、どうお詫《わ》びすればいいのか……」

「街風ちゃん、そう気にするなよ。関東テレビの仕事だけで喰ってるわけじゃないんだ」

「しかし、『フロンティア』の売上の半分は、うちの局からの仕事だったんでしょ？」

「まあね。しかし、なんとかなるさ。それより、誰が局の偉いさんにリークしたのかね？　思い当たる人物は？」

　有馬が問いかけてきた。

「それが、いないんですよ」

「そう。街風ちゃんは常に高視聴率を稼いでるんで、局内でやっかまれてるのかもしれない。テレビマンといっても、所詮《しょせん》は勤め人だからな。自分の属してる組織のことしか頭にないんだろう。ほとんどの人間が他人の出世を妬《ねた》み、給与の多寡《たか》を気にするような小市民になり下がってる。もっとも妻子を養わなきゃならないわけだから、そういう生き方を軽蔑《けいべつ》はできないがね」

「ええ、まあ。それにしても、有馬さんを巻き添えにしてしまって」

「もう気にするなって。おれは独立して、逞《たくま》しくなったんだ。そのうち、他局ででっかい仕事をやらせてもらう。それにさ、こっちに実害があったわけじゃない」

「それはそうですが、迷惑をかけたことには変わりありませんからね」

「そんなことより、内部告発者を見つけて、どうするつもりなんだい？」

「別にどうこうする気はありません。ただ、誰がリークしたのか知りたいんですよ」

街風はコーヒーを啜《すす》って、ラーク・マイルドをくわえた。

「余計なことを言うようだが、むしろ知らないほうがいいんじゃないのかな？　知ったら、自分に非があると思いながらも、やはり冷静な気持ちではいられなくなると思うんだ」

「でしょうね。おれの不正を暴《あば》いた奴は間違ったことをしたわけじゃありません。逆恨《さかうら》みされたら、迷惑ですよね。それでも、おれは誰が告発者だったのか、知りたいんです」

「そうか。さっきも言ったが、制作費の件で関東テレビの者が妙な探りを入れてきたことは一度もなかったよ」

「そうですか」

「別の制作プロにも、水増し請求を頼んだの？」

有馬が訊《き》いた。

「いいえ」

「そうか。となると、告発者を見つけ出す手がかりはないわけだな」

「そうなりますね」

街風は目を伏せた。有馬には、フェニックス・レコードの件は打ち明けていなかった。

「で、会社はどう言ってるんだい？　きみを横領罪で訴えるとでも言ってるのか？」

「いいえ、退職金で相殺《そうさい》してくれることになったんです。会社のイメージ・ダウンになりますんで、目をつぶってくれることになったんでしょう」

街風は不本意な仕事を押しつけられたことは明かさなかった。

「それじゃ、連ドラの制作は街風ちゃんがこれまで通りにやるわけだね?」

「いや、最終回分は別のプロデューサーが担当することになりそうなんです。まだ誰になるのか教えてもらってないんですがね」

「プロデューサーが変わるのか。それは残念だな」

「こっちも同じ気持ちです。しかし、それぐらいのペナルティは仕方ないですよ」

「そうだね。早く謹慎が解《と》けるといいな」

「ええ。有馬さん、いま思いついたんですが、関東テレビからの発注が途絶《とだ》えたら、天野制作部長に脅《おど》しをかけてください。例の水増しは街風に強要されたことだ、それを表沙汰にしてもかまわないのかってね。そうすれば、会社はビビるはずです」

「しかし、きみを悪者にするのは……」

「いいんですよ。おれは実際、会社の金を着服した悪党《ワル》なんですから。ぜひ、そうしてください。そうじゃないと、おれの気持ちが済みませんから」

「社員たちに給料払えなくなったら、そうさせてもらうよ」

有馬が本気とも冗談とも取れる口調で言い、左手首の腕時計に目を落とした。午後七時半に別の民放局で打ち合わせがあると言っていた。

「時間を割《さ》いてもらって、申し訳ありませんでした」

　街風は卓上の伝票を抓《つま》み、すっくと立ち上がった。有馬も腰を浮かせた。

　二人は店の前で別れた。

　街風は数百メートル歩き、局に戻った。一階のエントランス・ロビーに入ると、前方から同期入社の江森浩一《えもりこういち》がやってきた。

　同い年《おないどし》で、職場では最も親しくしていた。江森は人気バラエティ番組のプロデューサーだ。江森は大学時代に体育会系のクラブに所属していたが、やや細身だった。身長も百七十数センチだ。

「江森、今夜の予定は？」

「九時半には体が空《あ》くよ」

「それじゃ、六本木のいつもの店で先に飲んでる」

「おまえ、なんか元気がないな。何かあったのか？」

「後で話すよ。外で誰かと会うんだろう？」

「構成作家と喫茶店《サテン》で打ち合わせがあるんだ」

「そうか。それじゃ、後でな」

　街風は片手を挙《あ》げ、エレベーター・ホールに向かった。

　三階の制作部に入ると、天野部長が宮口と何か話し込んでいた。宮口が番組のプロデューサーも兼務することになったのか。そうならば、別に文句はない。

街風は自席につき、何点かの書類に目を通した。二十分ほどで席を立ち、制作部を出た。

エレベーターで地下二階の駐車場まで下り、旧式のジャガー・ソブリンに乗り込んだ。

車体は暗緑色だった。製造されたのは八年数ヵ月前だが、エンジンは快調だ。数年前に百六十万円で買った中古車だった。

街風はジャガーを新宿区四谷《よつや》に走らせはじめた。

フェニックス・レコードの本社ビルは、JR四ッ谷駅の近くにある。数十分で、目的地に着いた。

街風はレコード会社の専用駐車場にジャガーを駐《と》め、受付に急いだ。受付嬢はいなかった。

その代わりに、六十年配の守衛が受付カウンターにいた。街風は名乗って、日夏恭介《きようすけ》制作部長に面会を求めた。

四十七歳の日夏は五、六年前までレコード・ディレクターとして活躍し、ミリオン・セラーを十数曲も産み出した。若造りで、とても四十代の後半には見えない。

守衛が内線電話で、日夏に連絡をとった。

幸運にも、日夏は在社していた。すぐに一階に降りてくるという話だった。

数分待つと、日夏が現われた。カジュアルな恰好《かつこう》だった。

「とんだご迷惑をかけることになってしまって……」

街風は深々と頭を下げた。

「いえ、いえ。こちらこそ、あなたの立場を悪くしたんじゃないかと気になってたんですよ」

「十五分ほどお時間を貰《もら》えます？」

「いいですよ。外のほうがいいでしょう」

日夏が先に歩きだした。街風は、すぐに日夏と肩を並べた。

案内されたのは、数百メートル離れた居酒屋だった。客の姿はなかった。

二人は小上《こあ》がりに落ち着いた。日夏がビールと数種の肴《さかな》を注文した。

「例の主題歌の件ですが、日夏さんを最初っから騙すつもりはなかったんですよ。うちの大口《おおぐち》スポンサーの東産自動車とタミー・レコードの結びつきが強いもんで、『明日通りのメランコリー』の主題歌はそっちにお願いするということになってしまったんです」

「そのへんの事情は、よくわかりますよ。来年の連ドラでタイアップできることになりましたんで、あなたのことを恨んだりしてません。それどころか、感謝してるぐらいです」

「感謝？」

「ええ。わずかな協力金でタイアップできたんですから、こちらとしてはありがたい話です。ひところほどの勢いはなくなりましたが、タイアップ・ソングは必ずヒットします。それも、あなたがプロデュースする連ドラですもん、ヒット間違いなしですよ。多分、シングルで百二、三十万枚は売れるでしょう」

「どう返事をすればいいのかな」

街風は微苦笑した。

そのとき、ビールと酒肴《しゅこう》が運ばれてきた。日夏が二つのグラスに手早くビールを注《つ》いだ。

六十代半《なか》ばの店主が遠のくと、街風は小声で話しかけた。

「関東テレビの誰《ち》とお会いになったんです?」

「天野さんと松尾さんのお二人が先日、うちの社にお見えになりました。で、裏取引のことを切り出されたんです。一瞬、蒼《あお》ざめましたよ。しかし、痛み分けにしてもらえないかというお話だったんで、ほっとしました」

日夏がビールを呷《あお》り、焼鳥の串に手を伸ばした。

「裏取引があったことを天野たちは誰から教えられたと言ってました?」

「そのことには、お二人ともまったく触《ふ》れられませんでしたね」

「そうですか。天野部長たちは内部告発があったと言ってたんですが、リークした人物が浮かび上がってこないんですよ」

「天野さんたちは街風さんを処罰するようなことはしないと言ってましたが……」

「ええ、馘首《かくしゅ》はされませんでした。しかし、来年の連ドラのプロデュースはさせてもらえないでしょう」

「えっ、それでは来年の連ドラのプロデューサーは別の方になるわけですか?」

「そうなると思います。しかし、タイアップ・ソングの件がポシャるということはないはずです。ですから、ご心配なく」

「え、ええ。それにしても、お気の毒な話だな」

「いいえ、当然の報いです。身から出た錆《さび》というやつです。ただ、職場の誰が上司に告げ口したのか、やはり気になりましてね。それで、日夏さんにお目にかかろうと思ったわけなんです」

「そうでしたか。しかし、あなたのお力になれそうもないな。なにしろ天野さんたちは、そのことについては何もおっしゃらなかったから」

「例の金の受け渡しの日時や場所は？」

「それは、ご存じでしたよ」

「ということは、局の誰かが前々から、このわたしを尾行してたのかもしれないな」

街風は唸《うな》って、ビールを傾けた。

「職場のどなたかが街風さんの足を引っ張ったんでしょうが、そんなに気にすることはないんじゃありませんか。あなたほどの人気プロデューサーなら、そのうちきっと元の形に戻してもらえますよ」

「さあ、それはどうですかね？　わたしは、すっかり信用を失ってしまいましたんで」

「しかし、情状酌量《じようじようしやくりよう》の余地がある話です。あなたはお嬢さんの手術費用を工面《くめん》するために、裏取引をなさったわけだから」

「しかし、背信は背信です」

「そうかもしれませんが、ビジネスの世界は清濁併《せいだくあわ》せ呑まなければ、成り立たない部分もありますからね」

日夏が慰《なぐさ》めるように言い、黙々と焼鳥を頰張《ほおば》りはじめた。

二人は三十分ほど世間話をして、店を出た。

日夏が勘定《かんじょう》を払いかけたが、街風はそれを押しとどめて支払いを済ませた。ジャガーに乗り込み、六本木に向かった。

馴染《なじ》みのスナック『オリンポス』は、芋洗坂《いもあらいざか》の途中にある。店の前に車を駐め、『オリンポス』のドアを押す。

常連の女流画家がママを相手にスコッチの水割りを傾けていた。ほかに客はいなかった。

街風は先客に笑いかけ、カウンターの奥についた。元声優のママが酒棚《さかだな》から、ジャック・ダニエルの黒ラベルを摑《つか》んだ。街風のキープ・ボトルだ。

ママとはAD時代からのつき合いだった。街風は、姐御肌《あねごはだ》のママを姉のように慕っていた。独身時代に酔った勢いで、ママと一度だけ肌を重ねたことがある。しかし、その後は姉弟《きょうだい》のような間柄だ。

「今夜は早いのね。やっとわたしの魅力に気づいた？」

「うなずきたいとこだが、おれより八つも年上の人間に嘘はつけないな」

「ご挨拶ね。誰かと待ち合わせ？」

「後で江森が来ることになってるんだ。あいつが来たら、ボックス席に移るぜ」

「いいわよ。水割りね？」

「いや、今夜はロックにしてくれないか」

「局で何か厭《いや》なことがあったみたいね」

　ママが言った。

　街風は答えをはぐらかし、ラーク・マイルドに火を点けた。スモークド・サーモンとチーズをつまみながら、ハイ・ピッチでテネシー・ウイスキーのロックを飲みつづけた。

　江森が店にやってきたのは、十時少し前だった。

　街風は奥のボックス席に移り、江森に経緯《いきさつ》を包み隠さずに話した。

「静香ちゃんの手術費用を工面するために、そこまでやってしまったのか。けど、おまえを軽蔑はしないよ。おれも立場が同じだったら、似たようなことをしてただろう」

　江森が同情を含んだ声で言った。

「妙な慰め方はしないでくれ。おれは卑《いや》しい男さ。それに、プライドもない。汚い仕事まで引き受けちゃったわけだからな」

「街風、そんなふうに自分をいじめるなよ。おれたち所帯持ちは、女房や子供を喰わせていかなきゃならないんだ。会社にしがみついたって、恥じることはないさ」

「情けないよ、自分が。しかし、家族を路頭に迷わせるわけにはいかないからな」

「当たり前さ。まして街風のかみさんは体にハンディがあるんだ。おまえが失業したら、もっと春奈さんは心細い気持ちになるだろう。どんな扱いを受けても、絶対に短気を起こすなよ。いいな！」

「そのつもりだが、それぞれ優秀な社員を九人もリストラ退職に追い込む仕事は辛《つら》すぎる」

「その気持ちは、よくわかるよ。染谷常務は労務担当の重役だが、人を見る目がないよなあ。関東テレビの名プロデューサーだった山形《やまがた》さんまで、リストラの対象者に選ぶなんて、まったくどうかしてるよ」

「同感だね」

街風は七杯目のロックを飲み干した。

現編成部次長の山形勇《いさむ》は、街風の師匠とも言える人物だ。AD時代からドラマ作りの基本を叩き込まれ、演出のテクニックまで教わっていた。

山形は妥協を嫌うプロデューサーだった。

リアリティを重視し、スタジオ・セットに金をかける。出演者がベテランの役者でも、納得のいくまで何遍もリハーサルを繰《く》り返させた。収録日数も多かった。

そんな職人気質が役員たちに嫌われ、二年半前に制作部から編成部に配置替えになったのである。いま、四十九歳だった。

「納得のいかない話だが、山形さんは名プロデューサーとして鳴らした男性《ひと》だから、リストラされても、引く手あまたなんじゃないかな？」

江森が言って、バーボンの水割りを口に運んだ。銘柄はワイルド・ターキーだった。

「しかし、山形さんは業界一の金喰い虫だったからな。一時間の単発ドラマに、一億五千万円の制作費を注ぎ込んだこともある」

「ああ、そうだったな。その話は業界に知れ渡ってるから、山形さんをすんなり受け入れる局は多分……」

「ないだろうな。しかし、恩人をただ追い出すなんてことはできない。どこか再就職口を見つけてあげるつもりなんだ。すぐに受け皿が見つかるとは思えないが、その程度のことはやらないとな」

「おまえらしいな、いかにも。ほかの八人はどうするんだ？」

「もちろん、なんとか受け皿を見つけるつもりだよ」

「そうか。それはそうと、おまえを窮地《きゅうち》に追い込んだのは荻真人《おぎまさと》臭いな」

「何か根拠でもあるのか？」

街風は訊いた。江森が首を振った。

荻真人は二年先輩で、つい数年前までドラマ・プロデューサーとして活躍していた。街風の好敵手だった。ひところは視聴率を競《きそ》い合ったものだ。

だが、荻は担当番組の主演女優との不倫を写真週刊誌にスクープされ、制作部から外《はず》されてしまった。現在は、閑職のライブラリー室の次長だ。

「荻は制作部に戻りたくて、重役連中にいろいろ働きかけてるって話だぜ。おまえには仕事上のジェラシーを感じてただろうから、彼が役員にリークした可能性もあるな。少し荻の動きを探ってやろう」

「荻真人がおれをライバル視してたことは知ってたが、まさか彼がおれを尾《つ》けて弱点を探し回ってたとは思えないな。というよりも、思いたくないね」

「人間なんて、わからないぜ。それはそうと、今夜はとことん飲もう。月並な言い方だが、人間、いいことも悪いこともあるさ。気が滅入《めい》ったときは、憂《う》さを晴らせばいいんだ。さ、飲もう、飲もう！」

江森が言って、グラスを空けた。

街風も飲んだ。二人が店を出たのは、午前一時ごろだった。

「もう一軒行くか？」

街風は誘った。

「酒は、これぐらいにしておこう。実は、坂の上の終夜喫茶に女を二人待たせてあるんだ」

「女だって⁉」

「そう。ロシア人のコール・ガールだよ。おれが呼んだんだ。ダブルで、ラブ・ホテルに繰り込もうや」

「おれは遠慮しておく」

「おれたちはもう若くはないが、まだ年寄りでもない。たまには羽目《はめ》を外そうや。かみさんだって、わかってくれるさ。遊びなんだ、そう深刻に考えるなって」

江森が言った。

せっかくの友情を無にすることはできない。それに、久しく女の肌を貪《むさぼ》っていなかった。街風は、その気になった。

坂の上の終夜喫茶の店には、若いロシア人娼婦たちが待っていた。

ともに二十一、二だった。金髪女性が訛《なまり》のある英語でソーニャと名乗り、栗毛の女はエカテリヤと自己紹介した。どちらも美しかった。

四人はブロークン・イングリッシュで十分ほど雑談を交《か》わし、揃《そろ》って店を出た。

「おまえはソーニャと娯《たの》しめよ」

江森が街風に言い、エカテリヤの腕を取って先に坂道を下りはじめた。

金髪のソーニャが腕を絡《から》めてきた。香水が鼻腔《びこう》をくすぐった。

街風たちも歩きだした。

芋洗坂を下りきると、江森とエカテリヤは脇道に入った。二人が吸い込まれたのは、マンション風の造りの高級ラブ・ホテルだった。

少し遅れて、街風たちもホテルに入った。

ソーニャはパネルを確かめ、五階の一室を選んだ。街風は泊まりの料金を払い、部屋の鍵を受け取った。

部屋に入ると、ソーニャがたどたどしい日本語で言った。

「お金、先ね。泊まり、五万円です」

「しっかりしてるな」

街風は苦笑し、五枚の一万円札を手渡した。

ソーニャは紙幣をハンドバッグに収めると、手早く全裸になった。乳房が大きく、腰が張っている。ウエストのくびれは深かった。

蜂蜜色《はちみついろ》の飾り毛は淡かった。珊瑚《さんご》色の亀裂が透《す》けて見える。肌は、抜けるように白い。

ソーニャは街風の足許《あしもと》にひざまずくと、スラックスとトランクスを膝《ひざ》のあたりまで押し下げた。少し前にシャワーを浴びたという話だった。別段、客に体を洗ってほしいとも言わなかった。そういうことは気にならないタイプらしい。

街風は、すぐに呑まれた。

ソーニャが固くすぼまった部分を巧《たく》みに揉《も》み立てながら、舌を閃《ひらめ》かせはじめた。舌技はリズミカルだった。街風は、じきに昂《たか》まった。

「もう大丈夫ね」

ソーニャがいったん顔を離し、黒いカラー・スキンの先端をセクシーな唇の間に挟んだ。そのまま唇と舌を使って、猛《たけ》ったペニスに器用に避妊具を被《かぶ》せた。

　街風は衣服をかなぐり捨てた。

　ソーニャがダブル・ベッドに仰向《あおむ》けに横たわり、両膝を立てた。部屋は明るかった。

「さあ、娯《たの》しんでちょうだい。でも、キスはノー・サンキューよ」

　ソーニャが英語で言い、自分の指で合わせ目を大きく捌《さば》いた。

　複雑に折り重なった襞《ひだ》は、きれいなピンクだった。うっすらと濡れている。花弁は肉厚だ。

　街風はベッドに上がり、ソーニャと胸を重ねた。ソーニャの豊満な乳房が弾《はず》んだ。悪くない感触だ。

「インサート、イントゥ・ミー！」

　ソーニャが急《せ》かせた。

　街風は花びらを掻き分け、雄々《おお》しく反《そ》り返った分身を潜《くぐ》らせた。ソーニャの体は潤《うる》みきっていなかった。

　それでも、抵抗なく奥まで収まった。構造は、やや緩《ゆる》かった。それを補うつもりなのか、ソーニャは断続的に肛門をすぼめた。

　そのつど、街風は締めつけられた。

　ソーニャがロシア語で何か口走り、腰をくねらせはじめた。時々、恥丘全体を突き上げた。

　街風は腰を躍《おど》らせはじめた。

3

灰皿は吸殻《すいがら》で一杯だった。

街風は自席で紫煙《しえん》をくゆらせていた。出社したのは、午後二時過ぎだった。

それから、小一《こ》時間が流れている。しかし、何もする気になれなかった。

頭の芯《しん》が重い。生欠伸《なまあくび》も出た。明らかに寝不足だ。

六本木の高級ラブ・ホテルを出たのは、明け方だった。車で帰宅し、すぐにベッドに横たわった。

しかし、容易に寝つけなかった。ソーニャの淫《みだ》らな媚態《びたい》が脳裏《のうり》に蘇《よみがえ》ったせいだ。

医学生だったという彼女はキスこそ許さなかったが、実にサービス精神が旺盛だった。秘部の奥まで覗《のぞ》かせ、どんな体位も厭《いと》わなかった。

街風は煽《あお》られ、ソーニャと二度交わった。

二度目のプレイは長く濃厚だった。街風はソーニャの柔肌《やわはだ》に唇と舌を滑らせ、股間にも顔を埋《うず》めた。

過去に白人の娼婦を抱いたことは何度かあった。しかし、ロシア人女性と睦《むつ》み合うのは初めてだった。物珍しさもあって、街風は狂おしく燃えた。

ソーニャの陰核《クリトリス》は驚くほど大粒だった。

しかも、感度がよかった。舌で転がすと、ソーニャは本気で愉悦《ゆえつ》の声を洩《も》らした。

街風はソーニャを極《きわ》みに押し上げてから、体をつないだ。ソーニャは商売っ気を忘れて、啜《すす》り泣くような声を零《こぼ》しつづけた。

街風は何度も体位を変えながら、ソーニャを思う存分に抱いた。

妻が交通事故で体を傷《いた》めてから、夫婦の営《いとな》みは淡いものになっていた。

春奈の下半身は、ほとんど感覚がない。辛《かろ》うじて尿意は感じ取れるが、脚を自由に動かすことはできなかった。局部の性感帯は麻痺《まひ》したままだ。

乳房は事故前と同じように、街風の愛撫に反応する。胸の蕾《つぼみ》を吸いつけると、妻は喘《あえ》ぎ、甘やかに呻《うめ》く。

しかし、その快感は下半身には伝わらない。そんな体の妻を抱くことは惨《むご》いように思えて、できるだけ街風は自分の性欲を抑えてきた。

春奈はすまながり、オーラル・プレイで夫の欲望を処理するようになった。いつしか、それが夫婦の習わしになっていた。

だが、それだけでは満足感は得られない。街風は疚《やま》しさを感じつつも時々、後腐《あとくさ》れのない浮気をしていた。

妻はそのことに気づいている様子だったが、何も言わなかった。それが、かえって辛かった。

といって、修行僧のように禁欲的《ストイック》にはなれなかった。街風は時たま、男の生理を本気で呪《のろ》うことがあった。

喫《す》いさしの煙草が短くなった。

煙草の火を揉み消していると、宮ロディレクターが街風の席に歩み寄ってきた。連続ドラマの最終回の台本を手にしていた。

「シーン46の主人公の台詞のことなんですが、ちょっと気になるとこがあるんですよ」

「どんな台詞だい？」

「哲哉《てつや》が瑞穂《みずほ》に向かって、『愛は言葉じゃなく、行動で示すもんじゃないのかな？』と問いかける台詞がありますよね？」

「あったな、確か」

「行動で示すじゃなくて、伝えるという言い方のほうが適切なんじゃありませんか？」

「そうだな、言われてみれば」

「脚本家に連絡して、変更させてもらいたいんですが、どうでしょう？」

「好きなようにやってくれ。おれの企画だが、シリーズの監督は宮なんだから」

街風は言った。

「ありがとうございます。それじゃ、そうさせてもらいます」

「ずいぶん張り切ってるな」

「最終回ですからね。あれっ、二日酔いですか？」

「うん、まあ」

「さっきから、部長が街風さんの様子をうかがってますよ。机の上に台本か何かを拡《ひろ》げといたほうがいいんじゃないですか」

「そうしよう。それはそうと、おまえ、部長に何か指示されなかった？」

「いいえ、別に」

「そうか。それなら、いいんだ。ところで、おまえ、他局か番組制作会社に移る気はないか？　実は、第三者を介《かい》して、おまえを引き抜きたいって話がおれのとこにきてるんだよ」

「ほんとですか!?」

宮口が驚きの声をあげた。

「ああ。まだ社名を明かすわけにはいかないが、三、四社から引きがあったんだ。おまえの仕事ぶりが評価されたんだろう」

「なんか信じられない話だな。でも、悪い気はしませんね」

「で、どうなんだ？　いまと待遇が変わらなけりゃ、別の会社に移る気はあるのか？」

「すぐには答えられませんよ。この局に未練もありますし、まだまだ街風さんに教えてもらいたいことがたくさんありますからね」

「おまえは、もう一人前だ。おれが教えられることは、もう何もない」

「いいえ、まだまだ半人前ですよ。それはともかく、少し時間をください」

「わかった。真剣に考えてみてくれ」

街風は言って、またラーク・マイルドをくわえた。宮口が一礼し、自分の席に戻っていった。

そのとき、街風は首筋に他人の視線を感じた。

さりげなくアーム付きの回転椅子を回すと、天野部長がこちらを見ていた。まともに目が合った。天野が慌《あわ》てて顔を背《そむ》け、後退した額を撫で上げた。

(おれが裏仕事をちゃんとこなすかどうか、確かめたいんだろう)

街風は片方の頰を歪《ゆが》め、前に向き直った。

九人のリストラ対象者の再就職先を用意してから、彼らを早期退職に追い込むつもりでいる。

まだ若い宮口の引き取り先は、たやすく見つかるだろう。

しかし、最年長で一徹な性格の山形勇を受け入れてくれるテレビ局や番組制作会社はあるのか。どこか貸しのある会社に強引に嵌《は》め込むしか手はなさそうだ。

机の上の電話機が着信音を発しはじめた。

外線ではない。内線ランプが瞬《またた》いている。

街風は急いで煙草の火を消し、受話器を取った。

「わたしだよ」

総務部長の松尾だった。

「何か？」

「すぐにこっちに来てくれないか」

「わかりました」

街風はぶっきら棒に答え、受話器をフックに叩きつけた。

制作部を出て、階段のある方に歩く。総務部は二階にあった。

総務部に入ると、松尾が待ち受けていた。

「プレートはないが、特別調査室を設《もう》けたよ」

「わざわざ部屋まで!?」

「ああ、狭い部屋だがね。一緒に来てくれ」

「はい」

街風は、松尾に従《つ》いていった。

導かれたのは、かつてコピー室として使われていた小部屋だった。八畳ほどの広さで、小さな採光窓があるきりだ。

スチール・デスクと古ぼけた応接セットが置かれている。ほかには何もなかった。

二人は応接ソファに坐った。向かい合う形だった。

「ロシア娘はどうだったね？　ベッドで、いい《ハラショー》、いい《ハラショー》と口走ったのかな？」

松尾が下卑《げび》た笑い方をした。

「なんの話なんです？」

「とぼけることはないじゃないか。きみと江森君が六本木で、ロシア育ちのコール・ガールと遊んだことはわかってるんだ」

「えっ」

街風は絶句した。

松尾がにやつきながら、上着の内ポケットから二葉のカラー写真を取り出した。印画紙はセンター・テーブルの上に並べられた。

片方には、江森とエカテリヤが写っている。もう一枚のプリントの被写体は、街風とソーニャだった。どちらも高級ラブ・ホテルの前で隠し撮りされていた。

「きのう、誰かにわたしを尾けさせたんですねっ。それで、この写真を……」

「そういうことだ」

「汚いことをやりますね」

「そう恐《こわ》い顔をするなよ。盗撮させた写真を使って、どうこうする気はないんだ。ま、一種の保険だな。早く頼んだ仕事に取りかかってもらいたいんだよ」

「やくざ顔負けですね」

街風は皮肉たっぷりに言った。松尾が無表情で懐《ふところ》から銀行名の入った紙袋を掴み出し、卓上に置いた。

「二百万円入ってる。当座の軍資金にしてくれ。盗聴器やカメラを買ってもいいし、リストラ対象者に宛《あて》がう女を買ってもいい。領収証は必要ないよ。軍資金が足りなくなったら、いつでも遠慮なく言ってくれ」

「そんなに金を遣《つか》えるんだったら、プロのスキャンダル・メーカーを雇《やと》ったほうがいいと思いますがね」

「確かに、そうしたほうが早く片がつくだろうね。しかし、社外の人間を雇うわけにはいかないんだよ。そんなことをしたら、関東テレビが強請《ゆす》られる恐れもあるからな」

「なるほどね。それで、弱みのあるわたしに汚れ役を押しつけたわけか」

「ま、そういうことだ。九人を同時に追い込むことはできないだろうから、まず最初に編成部次長の山形勇を何とかしてくれ」

「山形さんは、もっと後でいいでしょ？」

街風は言った。

「そうか、きみは山形の直属の部下だったんだな。しかし、私情は挟まないでくれ。山形を辞めさせれば、年間で二千数百万円の人件費が浮く。九人を退職させられれば、年間で一億五千万円近くの人件費が減る計算になるわけだ」

「広告収入がダウンしつづけてることは知ってますが、その程度の人件費を減らしても、減量経営にはつながらないでしょ？」

「先行きのまったく見えない時代にそんな呑気《のんき》なことを言ってたら、生き残れない。常務は二〇〇五年までに、約三百人の社員を斬《き》るお考えなんだ」

「いずれ、このわたしもリストラ退職させるつもりなんでしょ？」

「それは、きみの働き次第《しだい》だね。ちゃんと協力してくれたら、プロデューサーでいられるだろう。さっ、早く金をしまってくれ」

松尾が促《うなが》し、二枚のカラー写真を上着の内ポケットに戻した。街風は二百万円の入った封筒を懐に突っ込み、先に立ち上がった。

「きょうから本格的に動いてくれるね？」

松尾が言った。

街風は返事をしなかった。小部屋を出て、ドアを後ろ手に乱暴に閉めた。

総務部を出ると、街風はエレベーターで四階に上がった。そのフロアに、編成部があった。

街風は編成部に足を踏み入れた。

山形は窓際の席で、ぼんやり番組表を見ていた。痩身《そうしん》である。大学教授のような風貌だった。

街風は山形の席の前で立ち止まった。山形が、つと顔を上げた。

「やあ、きみか」

「今夜、何か予定が入ってます？」

「いや、別に予定はないよ」

「それなら、一杯つき合ってくれませんか？　久しぶりに山形さんとゆっくり話をしたくなったんです」

　街風は後ろめたさを感じながら、にこやかに言った。

「おれも、きみと飲みたいと思ってたんだ。しかし、きみは売れっ子のプロデューサーだから、声をかけるのを遠慮してたんだよ」

「何を言ってるんですか。ぼくは山形さんを師匠と思ってるんです。弟子に、おかしな遠慮はしないでください」

「嬉《うれ》しいことを言ってくれるな。そうだ、こないだ、宮口君とビデオ編集室の前でばったり会って、『明日通りのメランコリー』の初回分を観《み》せてもらったよ」

「どうでした？」

「導入部がとっても洒落《しゃれ》てて、すんなりとドラマに引きずり込まれたよ。きみのセンスは若々しいね。五十近いおれには、とてもああいうビビッドなドラマは作れない。もう年寄りの出る幕じゃないな」

　山形が淋《さび》しげに笑った。

「まだ四十代じゃないですか。また山形ワールドで、視聴者を酔わせてくださいよ」

「残念だが、関東テレビでもうドラマを制作するチャンスはないだろう。おれは電卓を叩《こ》きながらは、ドラマを作れない人間だからな」

「七時に銀座の『笹鮨《ささずし》』でどうでしょう?」

「そういう話を肴《さかな》に、ゆっくり飲《や》りましょう。七時なら、大丈夫だよ」

「それじゃ、後ほど」

街風は編成部を出た。『笹鮨』は銀座六丁目にある行きつけの店だった。カウンター席のほかに、小座敷がある。

(少し時間があるな。山形さんの受け皿の目途《めど》をつけておくか)

街風はいったん制作部に戻り、すぐに地下駐車場に降りた。

ジャガーのドア・ロックを解いたとき、すぐ近くに濃紺のBMWが停《と》まった。江森の車だった。

街風はBMWに歩み寄った。

「いま、ご出勤か?」

「正午過ぎには出社してたよ。ちょっと芸能プロに行ってきたんだ。ソーニャとは朝まで一緒だったのか?」

「別れたのは明け方の六時半だったかな。そっちは?」

「おれがエカテリヤと別れたのも、同じころだったよ。それから家で仮眠をとって、真面目《まじめ》に出社したんだ」

江森がそう言いながら、車を降りた。

「昨夜《ゆうべ》、おれたちは会社のイヌに尾行されてたらしい」

「冗談だろ!?」

「いや、マジな話だよ。しかも、ダブルでラブ・ホテルに入るとこを盗み撮りされてたんだ」

　街風は詳《くわ》しい話をした。

「松尾の野郎、汚《きたね》えことをするな。いずれ、おれもリストラの対象者にする気なのかもしれない。街風、総務部長の弱みがあったら、すぐ教えてくれよな。そいつを切り札にして、おれは頑《がん》張《ば》ってやる」

「江森は数字を稼いでるんだ。リストラの対象にはされないだろう。おれと一緒だったんで、たまたま運悪く写真を撮られたんだと思うよ」

「そういうことなら、わざわざ松尾はおれとエカテリヤの写真を街風には見せないだろう。会社は、おれもお払い箱にするつもりなんだよ。そこそこの視聴率を稼いでるといっても、それはプロデューサーのおれの力というよりも、タレントの人気のおかげだからな」

「考えすぎだろう?」

「いや、きっとそうさ。会社が汚い手を使うんなら、おれだって、偉いさんたちのスキャンダルを嗅《か》ぎつけてやる。目には目を、歯には歯をさ」

「そうカリカリしないで、少し冷静になれって」

「おれたちを尾けてたのは、おそらく荻真人だろう。荻の周辺の奴らにそれとなく接触してみたんだが、奴は酔った弾みで街風を必ず失脚させると洩らしたことがあるらしいんだ」

江森が言った。

「しかし、彼はプライドの高い男だぜ。いくら何でも、会社のイヌにはならないだろう？」

「あの男のプライドなんか、見せかけさ。現に荻はドラマ・プロデューサーに返り咲きたくて、いろいろ偉いさんに根回ししてるって話だからな」

「その話は、単なる噂にすぎないんだろう？」

街風は確かめた。

「ああ、いまの時点ではな。しかし、そのうち奴の尻尾《しっぽ》を必ず摑んでやる。それはそうと、街風、おまえも何か手を打っといたほうがいいぜ」

「会社は、おれに汚れ役を押しつけて、いずれリストラに追い込む気でいる？」

「そいつは、ほぼ間違いないよ。いいように利用されるだけなんて、腹立たしいじゃないか。だから、いまから対抗策を講じておけよ。そうじゃないと、いまに会社に棄《す》てられちまうぜ」

「そのときは、そのときさ」

「子供っぽいことを言うなよ。おまえは体の不自由な奥さんを抱えてるんだ。すぐに再就職できなかったら、春奈さんがどんなに不安がるか……」

「かなり不安がるだろうな。そして、自分がおれの荷物になってると感じるかもしれない」

「そうだろ？　彼女だって、好きで事故を起こしたわけじゃない。静香ちゃんのことで苦労をかけたんだから、かみさんを労《いたわ》ってやれよ」

「その気持ちはあるんだが、職場で必要とされなくなったとわかっていながら、会社にしがみつくのは見苦しいじゃないか」

「いまさらカッコつけるなって。青臭いよ。甘すぎる。サラリーマンっていうのは、経済的な安定と引き換えに、自由な生き方を諦《あきら》めたわけじゃないかっ」

　江森が焦《じ》れったそうに声を高めた。

「それは、その通りだ。しかし、会社に自尊心や魂まで売り渡したわけじゃない。労働力を売ってるだけじゃないか。理不尽な扱いを受けたら、尻《けつ》を捲《まく》る。それが人間の誇りだろうが」

「四十面《づら》下げて、何を言ってるんだっ。女房や子供に犠牲を強《し》いても、自分のプライドを護《まも》り抜きたいって言うのか。そんな考えは身勝手だよ」

「そうだろうか」

「女性の進出がめざましいと言われてるが、この国はまだまだ男社会だ。生涯、職業婦人でいられる女性の数は少ない。そういう世の中なんだから、基本的には男が妻子を養うべきだろう？　違うか？」

「その考えそのものには、異論はないよ。しかし、身過ぎ世過ぎのための職業はたくさんあるんだ。高収入や世間体《せけんてい》のために、いやいや現在の仕事にしがみつきたくはないな」

　街風は言った。

「おまえの考え、矛盾《むじゅん》してるよ」

「どこが？」

「おまえは静香ちゃんや春奈さんのことを思って、危《ヤバ》いことをしたわけだよな。それで不正が表沙汰になることを恐れて、不本意ながらも汚れた仕事を引き受けたわけだ？」

「ああ」

「だったら、家族のために、どんなことがあっても会社に居《い》つづけるべきなんじゃないのか？」

「できたら、そうしたいと思ってるさ。しかし、我慢にも限界があるからな。経済的な安定だけのために、自分の気持ちを殺しつづけることはできない」

「それだったら、最初っからサラリーマンなんかになるべきじゃなかったんじゃないか」

「おれは映像制作に携《たずさ》わりたかったんだよ。だから、関東テレビに入社したのさ。安定だけを求めたわけじゃない」

「いつまでも大人になりきれない奴だ。それが街風のいいとこでもあるけどな」

江森が分別《ふんべつ》臭い顔で言い、エレベーター・ホールに足を向けた。

街風は自分の車に乗り込み、イグニッション・キーを捻《ひね》った。すでに走行距離は五万キロを超《こ》えていたが、エンジンは一発でかかった。

街風はジャガーを発進させ、裏通りを抜けて青山《あおやま》通りに入った。車を停めたのは、渋谷《しぶや》区神宮前《じんぐうまえ》にある雑居ビルの前だった。

ドラマ専門の制作会社『ホリゾント』は、雑居ビルの五階と六階を借りている。社長の本多雅《ほんだまさ》貴《たか》には、仕事上の貸しがあった。四十五歳の本多は男臭いマスクをしているが、女装趣味がある。

そのことは街風を含めて、ほんの数人しか知らない。口の堅《かた》い者ばかりだった。

本多を脅すようなことはしたくない。だが、場合によっては、ごり押しすることになるだろう。ただ、『ホリゾント』にとっても、山形を迎え入れることは決して損にはならないはずだ。

街風はジャガーを路上に駐め、雑居ビルに駆け込んだ。エレベーターで六階に上がり、勝手に奥の社長室に入った。

本多は、何かの企画書を読んでいた。イタリア製のブランド物のスーツで身を包んでいる。ずんぐりとした体型だった。

「突然、押しかけて申し訳ない。きょうは社長にお願いがあって、お邪魔したんですよ」

「そうですか。そちらで、話をうかがいましょう」

本多が布張りの応接ソファ・セットを手で示し、執務机から離れた。

二人はコーヒー・テーブルを挟んで向かい合った。

「日東テレビの連ドラで忙しそうですね？」

「おかげさまで、なんとかやってます。新シリーズのお話でしたら、ぜひ、うちにやらせてください」

「実は、別の話なんですよ。オフレコにしてもらいたいんですが、近く関東テレビ《うち》の山形勇が退職するかもしれないんです」

　街風は言った。

「ほんとうですか!?　しかし、なんでまた……」

「山形は現場の仕事をしたがってるんです」

「そうでしょうね。山形さんは、根っからのドラマ屋でしたもんねぇ」

「単刀直入に申し上げましょう。山形が退職の意思を固めたら、こちらで受け入れてほしいんです。給料は、いまと同額を保証してやってくれませんかね？」

「ちょっと待ってください。山形さんは大物すぎますよ。うちは社員八十名そこそこの小さなプロダクションなんです。年商だって、決して多くはありません」

「山形に高い給料を払う余裕はないと？」

「ええ、正直なところね。もっと安く雇える方なら、喜んで来ていただきますが」

　本多は困惑顔だった。

「いやらしい言い方になるが、本多さんがあまり仕事に恵まれてない時期に、連ドラをだいぶ発注しましたよね？」

「もちろん、そのことは決して忘れてません。街風さんが仕事を回してくださらなかったら、とうに会社は潰《つぶ》れてたでしょう。しかも、正規の支払いよりも早く振り込んでくださったんでしたよね。そのことも含めて、とても感謝してます。しかし……」

「しかし、何です？　はっきり言ってください」

「はい。所帯が大きくなった分、かかりが増えて、経営が苦しいんですよ」

「それはわかるが、なんだか裏切られたような気持ちだな。恩着せがましいことを言うようですが、制作部長の反対を押し切って『ホリゾント』に仕事を回したことも一度や二度じゃなかったんです。それに、本多さんはもう少し侠気《おとこぎ》のある方だと思ってました」

「街風さんには大変お世話になったと心から感謝してるんです。ですが、小社には余裕がないんですよ。そのあたりのことをお察しいただけませんか。お願いします」

「つまり、こういうことですね？　関東テレビには世話になった。しかし、関東テレビの社員の面倒は見たくないってわけだ」

街風はぞんざいに言って、煙草に火を点けた。

「あんまりいじめないでくださいよ」

「おれも女装クラブに入らないと、無理は聞いてもらえないのかな？」

「えっ!?　街風さん、あなた、わたしを脅してるんですか？」

本多が目を剝《む》いた。

「そう受け取ってもらっても結構です。しかし、女装趣味があることぐらいで何もびくつくことはないでしょ？　幼女をセックス・ペットにしてたわけじゃないし、常習の下着泥棒でもないんだから」

「しかし……」

「むしろ、愛嬌《あいきよう》があるじゃないですか。そうだ、業界の連中に本多さんのユニークな趣味を教えてやるかな」

「や、やめてください。わかりました。山形さんが会社をお辞めになったら、うちに来ていただきます」

「ようやく協力していただけましたね。ありがとうございます。ついでに、もう一つ頼みがあります」

「な、何でしょう？」

「本多さんが事前に山形勇を引き抜くという形を取ってもらいたいんです。山形の自尊心を大いにくすぐってから、ここに迎えてやってください。もちろん、おれのことは山形には内緒にしといてほしいんです」

「いいでしょう」

「それじゃ、一応、念書を認《したた》めていただきましょうか」

「山形さんを雇い入れるという証文ですね？」

「そうです。署名して、実印を捺《お》しといてください」

街風は言って、煙草の煙を天井に吹き上げた。

本多が立ち上がり、執務机に歩を運んだ。絶望的な顔つきだった。

4

尾行されているのか。

街風は幾分、緊張した。後続のオフ・ブラックのローレルは、神宮前から追尾しつづけている。

ジャガーは港区虎《とら》ノ門《もん》のあたりを走行中だった。

（どうも気になるな）

街風は少し先で、車をガード・レールに寄せた。

ローレルが慌てて路肩《ろかた》に寄る。やはり、尾けられていたようだ。

近くに煙草の自動販売機があった。街風はさりげなく車を降り、自動販売機に近づいた。

ラーク・マイルドを買い、ローレルの方を振り返る。運転席には女が坐っていた。
二十七、八だろうか。地図を見ていた。顔はよく見えない。
（松尾総務部長が、あの女におれの動きを探らせてるんだろうか）

街風は腕時計に目をやった。

まだ六時三十六分過ぎだ。約束の七時まで、少し時間がある。

街風は車に戻ると、次の交差点を右に折れた。ローレルも同じように右折した。桜田《さくらだ》通りをたどり、芝《しば》公園の際《きわ》に停める。

街風は車を降り、園内に入った。すぐに遊歩道を走って、植込みの陰に隠れた。

少し経つと、ローレルを運転していた怪《あや》しい女が園内に走り入ってきた。茶系のパンツ・スーツ姿だ。狸顔《たぬきがお》で、小柄だった。

女は左右を見ながら、公園の奥に走っていった。

街風は遊歩道に飛び出し、大急ぎで芝公園を出た。ローレルに走り寄る。車内を覗き込むと、無線機が目に留《と》まった。

（興信所の車だろう）

街風はローレルのナンバーを頭に刻《きざ》みつけ、近くの繁《しげ》みに身を潜《ひそ》めた。

六、七分待つと、狸顔の女が急ぎ足でローレルに戻ってきた。街風は路上に躍り出た。女が驚き、半歩後《あと》ずさった。

「きみは女探偵だね？」

「ち、違います」

街風は先に口を開いた。

「車に無線機を搭載《とうさい》してるじゃないか」

「わたし、アマチュア無線をやってるんです」

「空とぼける気か。きみが神宮前から、おれをずっと尾けてたのはわかってるんだ」

「わたし、そんなことしてません」

女が心外そうに言った。しかし、顔には狼狽《ろうばい》の色が濃く貼《は》りついていた。

「この車のナンバーは、もう憶《おぼ》えたよ。その気になれば、きみの正体は突きとめられる」

「………」

「興信所の調査員だね？」

「ええ、まあ」

「会社名は？」

街風は問いかけた。また、女は返事をしなかった。

「さっき言ったろう、きみの正体を突きとめることもできるってな」

「帝都《ていと》探偵社の者よ」

「ついでに、きみの名前も教えてもらおうか」

「伊波千秋《いなみちあき》よ」

「いい名前だ。いくつだい？　まだ独身なのかな？」

「そんなことまで答える必要はないわ」

「ま、そうだな。依頼人は、関東《かんとう》テレビ《てれび》の松尾総務部長なんだろう？　それとも、染谷常務に頼まれたのかい？」

「依頼人のことは何も話せないわ。そういう規則になってるの」

「それは知ってるよ、おれも。依頼人がどっちにしろ、このおれの動きを探って報告することになってるんだろう？」

「………」

「肯定の沈黙だな。それはそうと、もうおれを尾行しないでくれ。うっとうしいんだ。別の調査員に替わっても無駄だぜ。話は、それだけだ」

街風は自分の車に歩み寄った。

ジャガーに乗り込み、すぐさま発進させた。ローレルはもう追ってこなかった。

街風はJR新橋《しんばし》駅の近くで超小型録音機とカメラを買ってから、銀座に向かった。

銀座六丁目の有料駐車場にジャガーを預け、『笹鮨』に急いだ。すでに約束の七時は過ぎていた。

山形勇は、奥の小座敷で待っていた。

「すみません。出がけに急に仕事の電話がかかってきたもんですから」

街風は言い訳して、山形の前に坐った。

三畳ほどの広さだった。その中央に、座卓が置かれている。卓上には何も置かれていない。

「先にビールでも飲んでいてくだされればよかったのに」

「そうだったな。しかし、きみは割に時間を守るほうだから、そう待たされないだろうと思ったんだ」

「耳が痛いな。十五分近く遅れてしまいましたもんね」

「別に厭味《いやみ》を言ったわけじゃないんだ。どうせこっちは暇《ひま》なんだから、遅れたことは気にしないでくれ」

山形が笑顔で言った。

「そう言っていただけると、気持ちが楽になります。最初はビールにしますか？」

「そうだね」

「わかりました。肴《さかな》は任せてもらっていいですね？」

街風は相手に断ってから、店の従業員を呼んだ。ビールのほかに、刺身の盛り合わせ、焼きタラバ蟹《がに》、鰧《おこぜ》の空揚《からあ》げを注文した。

すぐにビールと突き出しの小鉢が運ばれてきた。粒貝《つぶがい》だった。

街風は先に山形のビア・グラスを満たし、自分のグラスにも注いだ。二人は軽くグラスを触れ合わせ、ともに半分ほど呷った。

「きみと二人でこうして飲むのは、一年ぶりぐらいだな」

山形が弾んだ声で言った。

「もっとちょくちょくご一緒したいとは思ってたんですが、仕事に追いまくられてたもんですから」

「いいさ、気にしないでくれ。いま、きみは脂《あぶら》が乗ってるんだから、どんどんいい仕事をしろよ」

「いろんな制約があるんで、なかなか納得のいく仕事はできません」

「いや、きみは質の高いドラマを次々に制作してるよ。その上に、三十パーセントを超《こ》える高視聴率を稼いでる。しかも、おれのように予算を大幅にオーバーすることもない。お世辞《せじ》じゃなく、たいしたもんだよ」

「山形さんが手がけられた一連の社会派ドラマと較《くら》べたら、質はぐっと落ちます。それはわかってるんですが、なかなかレベル・アップしません。結局、プロデューサーの姿勢の問題なんでしょうね？」

「もっと自信を持てよ。きみは通俗的な題材を扱いながらも、スポンサーや視聴者に決して媚《こ》びてない。そして、現代人の孤独感や不安を浮き彫りにしてる。名プロデューサーだよ」

「山形さん、もう酔ったんですか？」

街風は混ぜっ返し、山形に酌《しゃく》をした。

ビールの罎《びん》が空《から》になったころ、刺身の盛り合わせが届けられた。二人は日本酒に切り替えた。

後の料理も追っつけ運ばれてきた。刺身は、どれも新鮮だった。ことに勘八《かんぱち》がうまかった。膾の空揚げは、お代わりしたくなるほど美味だった。

ほどよく酔いが回ったころ、山形が自嘲《じちょう》的に言った。

「おれは、このまま編成屋で終わるんだろうな。別に出世したいなんて思っちゃいないが、あと何本かドラマを作りたいんだ」

「まだチャンスはありますよ」

「いや、それはないな。染谷常務が労務担当をしてる限り、制作部には戻れないだろう」

「そんなことはないでしょ？」

街風は上着の内ポケットに手を滑らせ、超小型録音機のスイッチを入れた。心のどこかで卑劣な行為を恥じながらも、早く山形の弱点を押さえたいという思いもあった。汚れ役から一日も早く解放されたかった。

山形は酔っ払うと、きまって会社や上層部の人間たちを痛烈に批判する。今夜も悪口を並べてるにちがいない。

重役を面罵《めんば》しなくても、上役を無能呼ばわりすれば、人事異動に微妙な影響が出てくる。下手《へた》をしたら、閑職に追いやられることになるだろう。

仮に山形が経理部に回されたら、即座に早期退職に応じるにちがいない。重役批判の録音テープは、それなりに効果があるはずだ。

案《あん》の定《じょう》、山形は営利主義に走りすぎている経営陣をひとりずつ厳しく批判しはじめた。

染谷常務は徹底的に扱《こ》き下ろされた。天野制作部長は常務の茶坊主にすぎないと激しくけなされた。松尾総務部長は出世欲に凝《こ》り固まった俗物だと斬って捨てられた。

局内には、社長派と副社長派の二大派閥がある。

社長の後ろ楯《だて》は現会長だ。一年前に急死した前会長は、副社長をかわいがっていた。副社長は、なかなかの野心家だ。染谷常務、天野、松尾の三人は副社長派に属している。

「民放だから、スポンサーは必要さ。ある程度の利益も上げなきゃならない。しかし、それだけでいいのかっ。マスコミが銭《ぜに》儲けに終始してるようじゃ、存在してる意味がないよ。そうだろう、街風君？」

「山形さんのおっしゃる通りですね。テレビが文化だとは言いませんが、単なる営利企業に成り下がっちゃいけません」

「そう！　そうなんだよ。会社の偉い連中は、そのあたりのことをすっかり忘れちまってる。実に嘆《なげ》かわしいね。おれが新入社員のころは、けっこう気骨のある上役がいたんだ。しかし、いまの偉いさんたちは屑《くず》野郎ばかりになっちまった。そんな連中の下で働いてる若い奴らも、たいてい骨抜きにされてる」

「なんだか耳が痛い話だな」

「きみと宮口君は、ちゃんとしたポリシーを持ってる。まともだよ、ほかの連中とは違ってね」

「確かに、宮口の生き方は一本筋《すじ》が通ってますよね。しかし、おれはいい加減な男ですよ。狡《ずる》くて臆病だし、利己的な面もかなりあります」

「いや、きみも宮口君と同じように軸《じく》のある生き方をしてるよ。本音《ほんね》を隠して、建前だけで器用に生きてる奴らとは明らかに違う」

「それは買い被りです。おれは卑劣な人間ですよ」

街風は苦《にが》く笑って、ラーク・マイルドに火を点けた。

良心が疼《うず》きはじめていた。超小型録音機の停止ボタンを幾度も押しかけた。しかし、そのたびに脳裏に妻と娘の顔がちらついた。

自分の犯罪が暴《あば》かれたら、春奈や静香は肩身の狭い思いをするにちがいない。実刑判決が下れば、当然、妻や子は現在の住まいにはいられなくなるだろう。

家族に、そのような辛《つら》い思いをさせるわけにはいかない。さんざん世話になった山形を陥《おとしい》れるような真似はしたくないが、いまの自分は常務たちの言いなりになるほかなかった。

恥ずかしい。死にたくなるほど恥ずかしかった。情けなくもあった。自己嫌悪感だけが、いたずらに膨《ふく》らんだ。

「まだ誰にも話してないんだが、そのうち独立して番組制作会社でも設立しようかと思いはじめてるんだ。具体的なことは何も考えてないんだが、下の息子も大学生だからね。上の倅《せがれ》は大学を中退しちゃったが、なんとかクラブのＤＪで喰えるようになったから、そろそろ独立しようかなと考えはじめてるんだよ」

「独立も結構ですが、山形さんが制作プロを経営するのは難しいんじゃないのかなあ。なにしろ損得を考えずに、いい仕事をしてきた方だから」

「会社を切り盛りしなければならないとなったら、少しは損得を考えるさ。それから、各局のプロデューサーやディレクターにせっせと企画書を送りつけて、注文取りにも励むよ」

「山形さんには無理でしょ？　時には、仕事欲しさにテレビ局員を接待しなければならないんですよ。大物のドラマ・プロデューサーだった山形さんが、そこまではやれないと思うな」

「ドラマ制作に携《たずさ》われるなら、若いプロデューサーやディレクターと一緒にカラオケ・パブにも行くさ」

山形が真顔《まがお》で言った。

「くどいようですが、自分で制作プロをやってくのは大変ですよ。それより、いっそ大手か準大手の番組制作会社のプロデューサーになったほうが楽なんじゃないですか？」

「楽は楽だろうが、他人《ひと》に雇われてるんじゃ、自由にやれないじゃないか。第一、おれみたいに癖のある男を雇ってくれる制作プロはないよ」

「そんなことはないと思います。ある制作会社の社長が、こないだ、山形さんのような名プロデューサーが参謀になってくれたら、心強いんだが、と言ってましたよ」

街風は『ホリゾント』の本多社長の顔を思い起こしながら、山形の顔を見つめた。

「どこの誰がそんなことを言ったのか知らんが、おれを雇ったら、そいつは苦労するよ」

「でも、自由にやらせてくれる制作プロがあったら、そこで働いてもいいんでしょ？」

「おれのわがままを全面的に聞き入れてくれる制作会社なんかあるもんか」

「いや、きっとありますよ。ご迷惑じゃなければ、二、三、当たってみます。かまわないでしょ？」

「それは別にかまわないが、それより一緒に番組制作会社を設立しないか？　人気プロデューサーを局がすんなり手放すとは思えないが、昔のように街風君と組んでドラマを作ってみたいんだよ。きみの下に宮口君がついてくれたら、いい仕事ができると思うんだ。どうだい？」

「おれも山形さんと一緒に仕事ができたら、最高ですね。しかし、もう少し時間が欲しいですね」

「急には無理だよな」

「ええ。次の連ドラのロケ・ハンに入ってますんで、来年の秋以降にならないと……」

「そうだろうな。あと一年近く待つのは長い気がするが、きみが協力してくれるんだったら、それまで死んだ気になって、関東テレビにいるよ」

　山形が明るい表情で、新潟の地酒を傾けた。

（おれは最低だな。山形さん、赦《ゆる》してください）

　街風はそっとマイクロ・テープを停め、飲みかけの酒を一息に空けた。

　酒は、いつになく苦かった。

第二章　孤独な不審死

1

録音テープが回りはじめた。

昨夜、銀座の鮨屋でこっそり収録した音声だ。街風は居《い》たたまれない気分になった。しかし、逃げるわけにはいかない。

常務室である。

正面の長椅子には、染谷常務と松尾総務部長が並んで坐っていた。午後二時過ぎだった。

テープを聴《き》いているうちに、二人の表情はみるみる険《けわ》しくなった。

常務の顔は、怒りで赤く膨《ふく》らんでいる。松尾は固めた拳《こぶし》を腿《もも》の上で震《ふる》わせていた。

やがて、音声が途絶《とだ》えた。

街風は超小型録音機に手を伸ばし、停止ボタンを押し込んだ。

「山形の奴、絶対に赦《ゆる》せん」

染谷が憤《いきどお》りを露《あらわ》にした。すぐに松尾が同調した。

「常務、わたしも同じ気持ちです。わたしに対する個人攻撃はともかく、常務のことをあのように悪《あ》しざまに言うなんて、とんでもない話です。確か山形は、常務の大学の後輩でしたよね？」

「ああ、そうだ。それも、学部まで同じだよ。そんなこともあって、ある時期まで、あの男には目をかけてやったんだ。それなのに、わたしを偉そうに批判しやがって。ふざけた奴だっ」

「このテープを山形に聴かせて、来春から車輌《しゃりょう》部に移ってもらうという内示を与えたら、どうでしょう」

「それは、いい考えだ。あの男はプライドが高いから、すぐにも辞表を書くだろう」

「わたしも、そう思います」

松尾が追従《ついしょう》笑いをした。

「ちょっと待ってください」

街風は、どちらにともなく言った。染谷常務が先に口を開いた。

「なんだね？」

「今更《いまさら》と思われるかもしれませんが、山形さんはドラマ・プロデューサーとして超一流でした。これからも、いいドラマを制作できるでしょう。山形さんを斬《き》るのは会社にとって、大きな損失なんじゃありませんか？」

「損失だって⁉　あいつは自分の趣味に走って、制作費を湯水のように遣《つか》ってきたんだ。山形が手がけたドラマは、ことごとく赤字だった」

「しかし、どの作品も高く評価されて、幾《いく》つも放送関係の大きな賞を貰《もら》ってます」

「賞で商売ができるわけじゃない。テレビ・ドラマは所詮《しょせん》、娯楽なんだよ。面白《おもしろ》くて、わかりやすい作品じゃなければならないんだ」

「お言葉を返しますが、別に山形さんは芸術作品としてドラマ制作をしてたわけじゃないと思います。基本的には、娯楽と考えてたはずです」

「そうかね？」

「ええ、そう思います。ただ、娯楽には二種類あります。上質なものと低俗なものです。山形さんは、常に上質な娯楽を提供することに腐心《ふしん》してきたんだと思います」

街風は言葉に力を込めた。

「娯楽に上質も低俗もあるもんか。できるだけ多くの視聴者を楽しませることが、テレビ・ドラマの使命だよ。奴の番組で十パーセント以上の視聴率を稼げた作品は何本もない。それじゃ、駄目なんだっ。報道番組以外は、娯楽に徹すればいいのさ。番組の価値はね、視聴率で決まるんだよ」

「確かに視聴率は大事です。しかし、それに振り回されていたら、大切なものを見失うんじゃないですか？」

「悪徳社員が、このわたしに説教するつもりなのかっ。口を慎《つつし》め！」

染谷常務が声を荒らげた。

街風は反射的に逆上しそうになった。だが、妻子のことを考え、すぐに思いとどまった。

「きみが師匠筋に当たる山形をかばいたい気持ちはわかるが、あいつは局には必要のない人間なんだよ」

松尾が執《と》り成《な》すように口を挟《はさ》んだ。

「山形さんをリストラ退職に追い込んだら、いつか必ず後悔することになるでしょう」

「まだそんなことを言ってるのかっ。いい加減にしろ。それとも、例のことを表沙汰《おもてざた》にしてもいいと言うのかね？」

「それは……」

「困るだろう？」

「ええ」

「だったら、もう迷うな。このテレコ、きょう一日だけ借りておく」

「わかりました。それはそうと、女探偵にわたしを監視させるのはやめてください」

「きみ、何を言ってるんだ？」

「無駄な遣《や》り取りはやめましょう。帝都探偵社の伊波千秋っていう調査員のことですよ。彼女の尾行に気づいて、正体を吐かせたんです」

「ドジな調査員だ」

「引き受けた裏仕事は、ちゃんとやります。ですから、妙な監視は必要ありません」

街風はソファから立ち上がり、目の前の二人に一礼した。

常務室を出ると、エレベーターで一階まで降りた。染谷たちは、きょうのうちに山形を常務室に呼びつけるにちがいない。

局内にはいられない気持ちだった。なんとも後ろめたい。

街風は局を出ると、数百メートル離れた場所にあるティー&レストランに入った。奥のテーブル席に、アナウンサーの上松沙也加がいた。ひとりだった。

沙也加が街風に気づき、小さく手を振った。街風は沙也加のテーブルに歩み寄り、彼女の前に坐った。

沙也加はサーロイン・ステーキを食べていた。

ウェイターが注文を取りにきた。街風はコーヒーだけを頼み、煙草《たばこ》をくわえた。

「口紅が落ちちゃったわ。ちょっと失礼!」

沙也加が断って、化粧室に向かった。あらかた食事は終わっていたが、サラダはそっくり残っていた。沙也加は野菜嫌いだった。

煙草を喫《す》い終えたとき、コーヒーが運ばれてきた。

街風はブラックで啜《すす》りはじめた。それから間もなく、沙也加が席に戻ってきた。

化粧は完璧《かんぺき》に整えられていた。真紅《しんく》のルージュがなまめかしい。沙也加は、若い男性視聴者たちの人気を集めていた。局内の独身社員たちからも熱い眼差《まなざ》しを向けられている。

「妙な噂を小耳に挟んだんだけど、あの話は事実なの?」

沙也加が声をひそめて訊《き》いた。

「いい噂じゃなさそうだな」

「ええ、そうね。『明日通りのメランコリー』の最終回は、荻真人がプロデュースすることになったんだって？」

「そんな話、おれは聞いてないぜ」

「そうなの。なら、いい加減な噂だったのね」

「その話、どこで耳にしたんだい？」

「局の喫茶室よ。ライブラリー室のスタッフたちが近くのテーブルで、荻さんが近く制作部に戻るって話をしてたの」

「近くって、次の人事異動は来年の四月のはずだぜ」

「そうよね。わたしもおかしいなって思ったんで、ちょっと耳をそばだててみたの。そうしたら、どうも荻さんは正式な辞令が下りるまでは制作部の助《すけ》っ人《と》要員という形になるというようなことを言ってたわ」

「助っ人要員が、おれの担当番組を受け持つって？　冗談じゃない。ちゃんと辞令が出るまで、そんなことはさせない」

「当然よね。それはそれとして、何かまずいことでもやっちゃったの？」

「いや、別にポカはやってないよ」

　街風は言下に否定した。

「水臭いのね。わたしたち、他人同士じゃないのに。街風さん、正直に話して。何かあったんでしょ？　あなたが窮地《きゅうち》に立たされてたら、わたし、傍観してられないわ」

「別に何も問題は起こしてないって」

「それは嘘ね。街風さんの顔を見れば、何かあったと察しはつくわ。お願いだから、話してみて。わたし、できるだけのことはするつもりよ」

「その気持ちは嬉《うれ》しいが、ほんとうに何もないんだ。きみが聞いたという話は、単なる噂さ」

「頑《かたく》なのね」

沙也加が泣き笑いに似た表情を見せた。

（いまの話が事実だとしたら、会社側はおれもいずれ斬るつもりだな）

街風は胸底で呟《つぶや》いた。

「今夜、わたしのマンションで一緒に飲まない？」

「せっかくだが、時間の都合がつかないんだ」

「わたしを避けはじめてるのね。なんだか悲しいわ」

「別に、きみを避けた覚えはないがな」

「ううん、避けはじめてるわ。くどいようだけど、わたしは多くのものを望んでるわけじゃないの。街風さんと時々、二人っきりで過ごしたいと思ってるだけ」

「わかってる、わかってるよ。しかし、今夜はほんとうに都合が悪いんだ」

「そう。それじゃ、そのうちにまた……」

沙也加が伝票に手を伸ばした。街風は先に伝票を抓《つま》み取った。

「コーヒー代も一緒だから、おれが払う」

「でも、悪いわ」

「いいんだ」

「それじゃ、お言葉に甘えさせてもらいます。その代わり、わたしの部屋に、ちょっといいスコッチを用意しておくわね。必ず飲みにきて」

「ああ、そのうちな」

「わたしって、ばかね」

「え？」

「なんだって妻子持ちになんか惚《ほ》れちゃったんだろう？　報《むく》われない恋愛は虚《むな》しいのにね。でも、好きよ」

沙也加が街風の耳許《みみもと》で囁《ささや》き、足早に遠ざかっていった。

街風は一瞬、沙也加を呼びとめそうになった。慌《あわ》てて煙草をくわえる。

呼びとめれば、沙也加に泣き言《ごと》を洩《も》らしそうだった。成りゆきによっては、自分の悪事も喋ることになるかもしれなかった。

沙也加は決して口の軽い女ではない。しかし、彼女が街風の秘密を絶対に職場で口外しないという保証はなかった。

もし口外されたら、そこから何かが綻《ほころ》びはじめるだろう。自分自身が同僚たちに軽蔑されることには耐えられる。しかし、家族の名誉だけは護《まも》り抜きたかった。

そう願うことが歪《ゆが》んでいるのは重々、承知している。自分の小市民的な発想を恥じる気持ちもあったが、妻や娘には安穏《あんのん》な暮らしを与えつづけたかった。

煙草の火を消したとき、上着の内ポケットで携帯電話が鳴った。

ポケットフォンを耳に当てると、春奈の声が流れてきた。

「お仕事中に、ごめんなさい」

「静香に何かあったのか？」

「ううん、そうじゃないの。藤沢《ふじさわ》の母がさっき遊びに来たんだけど、もし都合がついたら、あなたを交《まじ》えて外で食事をしたいと言ってるのよ。今夜も帰りは遅くなりそうなの？」

「ああ。どう遣《や》り繰《く》りしても、七時や八時には帰宅できないな」

「やっぱり、無理だったわね」

「お義母《かあ》さんに謝っといてくれないか。それから、何かおいしいものを食べさせてやってくれよ」

「わかったわ。あっ、ちょっと待って。静香がいま学校から戻ってきて、あなたに頼みたいことがあるらしいの」

「それじゃ、静香に替わってくれないか」

街風は言って、ポケットフォンを反対側の耳に当てた。待つほどもなく、静香の声が流れてきた。

「お父さん、会社の帰りにいつもの店でマロン・グラッセを買ってきて」

「ああ、わかった。静香、体の調子は？」

「すごくいいよ。そうだ、きょう体育の時間に跳《と》び箱をやったんだけど、わたし、四段重ねでも跳べたの。すごいでしょ？」

「うん、すごいな」

「アメリカの人工弁膜《べんまく》のおかげだね。大人になったら、わたし、手術のお金、少しずつ返すから」

「そんなこと、静香が気にすることはないんだ」

「でも、お父さん、退職金を先に払ってもらったんでしょ？」

「誰から、そんな話を聞いたんだ？」

「別に誰かに聞いたわけじゃないの。手術前にお母さんが友達に電話で話してるのを偶然、聞いちゃったのよ」

「その話は事実じゃないんだ。手術代は、貯金だけで間に合ったんだよ」

街風は、とっさに嘘をついた。

「そうだったの。だったら、お母さん、なんであんなことを言ったのかな？」

「友達にたくさん貯金があるとは言いにくかったんだろう。きっとそうだよ」

「そうなのかな？」

「だから、手術費用のことなんか、静香が気にすることなんかないんだ。わかったね？」

「うん。大人になったら、自分の服や靴を買うことにする」

「そうしてくれ」

「マロン・グラッセ、忘れないでね」

静香の声が沈黙した。

街風は終了キーを押し、天野制作部長に電話をかけた。ダイヤル・インだった。当の本人が電話口に出た。

街風は名乗った。

「外線だな。局内にいると思ってたが」

「局の近くから電話してるんです。職場では確かめにくい事柄ですんで」

「何を確かめたいんだ？」

「荻さんが来春、制作部に戻ってくるって話が耳に入ってきたんですが、それは事実なんですか？　それも、『明日通りのメランコリー』の最終回から助っ人として関わるという噂でしたが」

「それは……」

天野が口ごもり、慌てて言葉を重ねた。

「そんな話は聞いてないぞ、わたしは」

「なぜ、口ごもったんです？　噂は事実なんですね？　つまり、裏仕事をこなせばこれまで通りにしてやるという話は空約束《から》だったんでしょ？」

「何を言ってるんだね、きみは！　だいたい年内に人事異動がないことは知ってるはずだ。内示があるとしても、それは来年の話だよ。それに、きみの担当番組に荻君が関わるなんてことは、絶対にあり得ない。いったい誰が、そんなくだらないデマを流してるんだね？」

「それなら、いいんです。どうも失礼しました」

街風は質問を無視して、一方的に電話を切った。ポケットフォンを懐《ふところ》に収め、ラーク・マイルドに火を点《つ》けた。

さきほど制作部長は言葉を詰まらせた。あれは何を意味するのか。

染谷常務と天野の間で、荻真人を制作部のドラマ・プロデューサーに復帰させることをすでに取り決めてあるのではないか。そうだとすれば、やはり常務たちは、いずれ自分を制作部から出そうと考えているのだろう。

（おれを利用だけして、斬り捨てる肚《はら》だな。そうはさせないぞ。そっちがそのつもりなら、おれも死にもの狂いで牙《きば》を剝《む》いてやる）

街風は腰を上げた。

支払いを済ませ、フランス菓子を売り物にしているケーキ・ショップに足を向けた。数分で、目的の店に着いた。

十二個入りのマロン・グラッセの箱を買い、局に引き返した。制作部に戻り、ビジネス・バッグの中にマロン・グラッセの箱をしまった。

部長の天野の姿は見当たらなかった。常務室にいるのかもしれない。

街風は机に向かって、来年度の新連続ドラマの制作費を試算しはじめた。自分が番組を担当できなくなるかもしれないという不安はあったが、現段階で手を抜くわけにはいかない。すでに超人気男優と売り出し中の新進女優を押さえ、シナリオ・ライターの準備稿も届いていた。

海外ロケがあるため、今回の連続ドラマの総制作費よりも三割は多く予算を確保したいところだ。『フロンティア』に制作協力を依頼するつもりでいたが、次回は別の番組制作会社を使わされることになるかもしれない。

(『ホリゾント』が山形さんをチーフ・プロデューサーとして雇《やと》ってくれたら、本多氏のスタッフと組むか。そして、山形さんとおれの共同プロデュースという形をとってもいいな)

街風はそう考えながら、総予算額を弾《はじ》き出した。

シリーズ十回分で、およそ十三億円になった。広告代理店と関東テレビのマージン分を加えたら、二十億円近くになるだろう。電波料を併《あわ》せると、番組スポンサーから三十八億円ほど集めなければならない。提供会社六、七社の相乗りになりそうだ。

提供会社数が多いと、それだけ小道具や消え物に神経を使わされる。車にしろ、ビールにしろ、スポンサーとライバル関係にある会社の商品は使えない。

うっかりライバル会社の商品を使ってしまったら、撮《と》り直さなければならなくなる。そのまま放映した場合は、プロデューサーやチーフ・ディレクターは間違いなく左遷《させん》される。

試算した制作費を項目ごとに検討していると、街風組の若いスタッフがやってきた。

「いま、山形さんがいらっしゃって、街風さんに屋上で待ってると伝えてくれと……」

「そうか」

「山形さん、険しい表情でしたよ。何かあったんですか？」

「おれに思い当たることはないがな」

「そうですか」

「とにかく、ありがとう」

街風は礼を言った。若手スタッフが自分の席に戻った。

（とうとう恐れていたことが現実になったか）

街風は一服して気持ちを落ち着かせてから、静かに制作部を出た。エレベーターで、屋上に昇った。

山形はコンクリート柵《さく》に両肘《りょうひじ》をついて、夕陽を眺めていた。後ろ向きだった。山形のほかに人影はなかった。

街風は深呼吸してから、山形に歩み寄った。気配で、山形が振り返った。夕陽を背に受けた影は黒々としていた。

「きみに裏切られるとは、夢にも思わなかったよ」

山形の声は震えを帯びていた。怒りのせいだろう。

街風は何も言わずに、頭を垂《た》れた。

「常務室で、録音テープを聴かされた。まさか街風君が超小型録音機を忍ばせてたとはな。五十年近く生きてきて、少しは他人《ひと》を見る目もできたと思ってたんだが……」

「すみません」

「きみがあんな卑劣なことまでしたのは、何か理由《わけ》があったからなんだろう？　それを教えてくれないか」

「特に理由はありません」

「そんなはずはない。きみが出世欲だけで、常務たちのイヌになるとは思えない。いったい、どんな事情があったんだ？」

「特別な事情なんかなかったんです。それより、常務たちは山形さんにどう言ったんです？」

「染谷はテープを巻き戻しながら、『早期退職する気がないなら、きさまを車輌部に飛ばしてやる』と喚《わめ》いたよ」

「で、山形さんは？」

「その場で辞表を書いてやった」

「ええっ」

「組織の中で働くことに、ほとほと嫌気《いやけ》がさしたよ。染谷たちの横暴さには腹が立ったが、それ以上にきみの仕打ちが応《こた》えたね」

「おれを気が済むまで殴ってください」

「いまのきみは、殴るだけの価値もない。どんな理由があったにせよ、きみの行為は卑劣《ひれつ》だ」

「その通りだと思います」

「その冷静さは何なんだっ」

山形が初めて怒鳴《どな》った。

「おれは実際、卑劣な男です。恩のある山形さんを嵌《は》めたわけですから」

「きみは、そうまでして何を隠そうとしてるんだ？　いったい何を護り抜きたくて、染谷たちに魂まで売り渡してしまったんだっ。それだけは教えてくれ」

「おれは、山形さんが制作部に戻ることをずっと恐れてたんです。あなたを越えることはできないと悟ったときから、おれは密《ひそ》かに山形さんが関東テレビからいなくなることを願ってたんですよ」

街風は、もっともらしい嘘をついた。山形の作劇法《ドラマツルギー》にはとても太刀打《たちう》ちできないと思っていたことは事実だが、彼の退社を望んだことは一度もなかった。

しかし、多少は説得力のあることを言わなければ、堂々巡《めぐ》りになってしまう。そう考え、心にもないことを言い放ったのである。

「それで、染谷たちの手先になったというのか？」

「ええ、そうです」

「ほんとなんだな？」

「もちろんです」

「ばかな男だ。きみは何年も前から、わたしをとっくに凌《しの》いでる。もう二度と会うことはないと思うが、いいドラマを作りつづけてくれ」

「山形さん……」

「気安くわたしの名前を呼ぶな！」

山形が吼《ほ》えるように言って、街風の横を駆け抜けていった。

街風は無言で後ろ姿に向かって頭を下げた。

2

またもや赤信号に引っかかった。

五度目だった。局を出てから、まだ千メートルも車を走らせていなかった。

街風は舌打ちした。

局の屋上で気まずい思いをしてから、ずっと自己嫌悪に陥っている。所帯持ちのサラリーマンは家族を養うために、男のプライドを棄《す》てなければならないのか。保身のためとはいえ、恩のある先輩社員を退職に追い込んでしまった。それは人間として、恥ずべき行為だった。

しかし、それをやらなければ、自分の家庭は崩壊してしまうだろう。それにしても、見苦しいことをしてしまった。

多くのサラリーマンと同じように自分も牙を抜かれ、会社に飼い殺しにされるのか。そうはなりたくない。いつまでも人間の誇りだけは忘れたくなかった。

そう思いながらも、薄汚れた仕事に手を染めてしまった。明らかに堕落だ。敗北でもある。生き方が狡猾《こうかつ》で卑《いや》しい。だが、人間は喰わなければならない。たとえ見苦しくても、生き抜かなければならない宿命を背負っている。

自己弁護になるが、他人を傷つけずに生き抜くことは難しいのではないのか。並の人間には、とうていできないだろう。

確かに、山形には世話になった。だが、自分には妻や娘を養う義務がある。二者択一を迫られて、家庭を選んだことは罪なのだろうか。

信号が変わった。

街風はジャガーを走らせはじめた。神宮前の『ホリゾント』に向かっていた。あと数分で、午後六時になる。

街風は『ホリゾント』の本多社長に明日、山形に会いに行ってほしいと頼み込むつもりだった。それが、いま自分にできる唯一の罪滅《ほろ》ぼしだろう。

山形の顔が脳裏《のうり》にこびりついて離れない。いまごろ、彼はどこかで苦《にが》い酒を飲んでいるのではないか。山形の打ちひしがれた姿を想像すると、胸がひりひりと痛んだ。

二十数分で、目的の雑居ビルに着いた。

街風はいつもの調子で、『ホリゾント』に勝手に入った。本多は社長室でゴルフ・クラブを握り、パターの練習をしていた。

街風は軽く頭を下げた。

「ノックぐらいしてくださいよ」

本多が露骨に眉根を寄せた。きのうとは、まるで態度が違う。無理に念書を書かされたことに腹を立てているのか。

「山形さんがきょう、会社に辞表を出しました」

「それは、ずいぶん急な話ですな」

「お願いした件で、さっそく山形さんにアプローチしてもらえますね？」

「まあ、坐りましょう」

「ええ」

街風は応接ソファに腰を沈めた。本多が正面に坐る。

「明日にでも、山形さんに会ってくれますね？」

「その件なんですがね、やはり山形さんに来ていただくのは無理です。来ていただいても、とても高い給料は払えません」

「急に言《げん》を翻《ひるがえ》すようなことをおっしゃるのは、なぜなんです？」

「よくよく考えてみたら、いま山形さんを雇う余裕はないという結論に達したんですよ」

「どのくらい待てば……」

「半年、いや、一年以上は待っていただかないと、とても無理ですね。年収五、六百万で働いてくれるんだったら、いま来ていただいても結構ですが」

「それじゃ、話が違うでしょっ」

街風は茶色のスエード・ジャケットの内ポケットから、念書を取り出した。

「それには、山形さんが関東テレビを辞《や》めたときは当社が受け皿になるという意味合いのことは書きましたが、雇い入れの時期については明記してないはずですよ」

「確かに、その通りですね。しかし、退職直後というのは暗黙の諒解《りょうかい》でしょうが！」

「余裕があれば、すぐにそうしますよ。ですが、うちも経営が苦しいんです。だから、一年ぐらいは待っていただかないとね」

「本多さんがそう出てくるなら、こっちも少し考えなきゃならないな」

「わたしの趣味のことを業界の連中に言い触らすってわけですね？」

「ま、そういうことです」

「結構ですよ」

本多が平然と言った。

「いざとなったら、荒っぽい連中にでも泣きつくつもりなんだな」

「そんなことはしませんよ。単純な損得勘定です。きのうは今後のことも考えて念書を認《したた》めましたが、来年になれば、関東テレビさんの制作部のメンバーが総入れ替えになるみたいですからね」

「総入れ替えですって⁉」

「おや、街風さんはご存じなかったのか。制作部のスタッフの大半が編成部に異動になって、編成部の連中が現場に……」

「その話は誰から聞いたんです？」

「局の方ですよ。差し障《さわ》りがあるんで、その方のお名前までは教えられませんがね」

「染谷常務なんでしょ？」

「いいえ」

「それじゃ、天野制作部長か松尾総務部長のどちらかですね？」

「どちらでもありません」

「ひょっとしたら、荻真人なんじゃありませんか？」

　街風は言った。

「なあんだ、ご存じだったのか。まだ内々示の段階らしいけど、来年から荻さんはチーフ・プロデューサーに復帰するそうですよ」

「荻は、わたしについて何か言ってませんでした？」

「街風さんは、多分、編成部に移ることになるだろうって言ってましたよ。それから、あなたが企画した来年の連ドラは荻さんが引き継ぐことになるともね。もっともそうなった場合は、別の脚本家を使って、ドラマ内容を大幅に変更するつもりだと言ってました」

「荻がチーフ・プロデューサーに復帰したら、『ホリゾント』が制作協力するって段取りになってるんだな」

「ええ、まあ。荻さんと山形さんは肌合いがまるっきり違いますからねえ。いま山形さんを雇ったら、ただ遊ばせておくことになっちゃう。しかし、雇った以上は給料を払わなければなりません。うちにそれだけの余裕はないんですよ。ご不満でしたら、わたしの弱みを触れ回ってください。よく考えてみたら、女装趣味ぐらいはたいしたスキャンダルじゃありませんからね」

「みごとな開き直り方だな」

「おっと、もう七時過ぎですね。人が訪ねてくることになってるんです。申し訳ありませんが、きょうはお引き取りください」

本多が冷ややかに言って、先に立ち上がった。

やむなく街風は辞去することにした。雑居ビルを出たとき、近くの路上に白いアリストが停《と》まった。

荻真人の車だった。街風は暗がりに身を潜《ひそ》めた。

車を降りた荻が大股で歩いてくる。

長身で、ハンサムだった。ダンディでもあった。きょうは砂色のイタリア製のスーツで決めている。

荻が雑居ビルの中に消えた。『ホリゾント』のオフィスを訪ねるのだろう。

(江森が言ってたように、荻は何か画策してるようだな。ちょっと彼をマークしてみよう)

街風はジャガーに乗り込み、数十メートル後退させた。民家の生垣《いけがき》の際《きわ》いっぱいに車を寄せ、ヘッドライトを消した。

荻が雑居ビルから現われたのは、八時ごろだった。

アリストは、ほどなく走りはじめた。街風は充分な車間距離を保ちながら、荻の車を尾行しつづけた。

アリストは神宮外苑《がいえん》の横を抜け、外堀《そとぼり》通りに出た。荻が尾行に気づいた様子はない。

行き先の見当はつかなかった。

アリストはＪＲ飯田橋《いいだばし》駅の少し手前を左折し、神楽坂《かぐらざか》を登り切った。停まったのは、神社の裏手にある低層マンションの前だった。

その三階建てのミニ・マンションには記憶があった。シナリオ・ライターの奥寺留衣《おくでらるい》が三階の一室に住んでいるはずだ。

荻が車を降り、『神楽坂ハイツ』の階段を上がっていく。エレベーターはなかった。

十二戸の玄関ドアは、すべて道路に面している。荻は馴《な》れた足取りで三〇一号室に近づき、インターフォンを鳴らした。

街風は急いで、路上に降りた。コンクリートの太い電信柱の陰に走り入り、ミニ・マンションの三階を仰《あお》いだ。

三〇一号室の青いスチール・ドアが開けられた。留衣の顔がちらりと見えた。美人は美人だが、目のあたりに険《けん》がある。

荻が部屋の中に吸い込まれ、ドアが閉ざされた。どうやら二人は親密な関係らしい。

二十九歳の留衣は、ひところトレンディ・ドラマで人気を博していた。ところが、ある女流作家に盗作問題で訴えられてからは各民放局から一斉《いっせい》に干されてしまった。

ここ数年はレディース・コミックの原作やエッセイを書いているだけで、脚本は執筆していない。

留衣は、尻が軽いことでテレビ業界では知られていた。大きな仕事を得るためには、平気でプロデューサーやディレクターと寝るという噂があった。

その噂は、まるで根拠のない話ではなさそうだ。街風はチーフ・ディレクター時代に、留衣に単発の一時間ドラマの脚本を依頼したことがある。ところどころ才能のきらめきを感じさせるシーンや台詞《せりふ》はあったが、第一稿のシナリオの出来は悪かった。結局、街風は四度書き直しをさせた。

それで二度と執筆依頼されないと判断したのか、留衣はドラマのクランク・アップの晩に街風をホテルに誘った。だが、街風はうまく断って彼女とは深い関係にはならなかった。弱みを作りたくなかったからだ。

関東テレビに限らず、プロデューサーやチーフ・ディレクターには誘惑が多い。

芸能プロダクション関係者たちは所属タレントを起用してくれと、さまざまな接待攻勢をかけてくる。ゴルフ、トローリング、クラブでの飲酒、高級コール・ガールと枚挙に暇《いとま》がない。時には、札束《さつたば》をポケットに捩込《ねじこ》まれそうにもなる。

大河ドラマや文芸超大作の出演を狙《ねら》って、ベテランの俳優たちが個々に売り込みをかけてくることも少なくない。落ち目の女優の色仕掛けに嵌まってしまったプロデューサーもひとりや二人ではなかった。

タレント同士の足の引っ張り合いも凄《すさ》まじい。

ライバルの中傷だけではなく、悪意に満ちたデマもプロデューサーやチーフ・ディレクターの耳に届く。下手《へた》な芸能記者よりも、テレビマンのほうがゴシップの類《たぐい》には通じている。

（荻はドラマ・プロデューサーに返り咲いたら、奥寺留衣に脚本を書かせる気でいるようだな。それ以前に奴は、このおれを蹴落とす算段をしたのかもしれない。そのあたりのことを探ってみるか）

街風はジャガーに戻り、秋葉原《あきはばら》に車を向けた。秋葉原には、家電関係の量販店や部品屋がたくさんある。パソコン・ショップも多い。

街風は盗聴器や広域電波受信機《マルチ・バンド・レシーバー》などを求める気になったのである。

二十数分走ると、秋葉原の電気問屋街に着いた。街風は、俗にジャンク屋と呼ばれている部品や小物製品を扱っている小店舗がハーモニカ状に連なっているマーケットに入った。

どの店でも、盗聴器の類が堂々と売られていた。といっても、商品にわざわざ〝盗聴器〟と謳《うた》っている店は少なかった。

そもそも厳密に言えば、盗聴器という機種はない。正確には盗聴に使われる機器は、情報通信機と称されている。

街風はマーケットを歩いてみて、その種の機器の種類の多いことに驚かされた。

電話盗聴用、室内盗聴用、コンクリート・マイクと大きく分けられ、さらに電話盗聴用にもモジュラー型、ブラック・ボックス型、ヒューズ型の三タイプがあった。

最初のタイプは電話コードを延長するときに、中継器具として使われるモジュラーの中に送信機が組み込まれている。ブラック・ボックスと呼ばれている超小型電話盗聴器は二センチ四方で、電話機内部やモジュラー・ラックの裏側などに仕掛けるものだ。ヒューズ型は、屋外にある電話線の保安器内部にセットする。

どのタイプも拾った音を電波に乗せて伝える仕組みで、FM放送帯、VHF、UHFのいずれかの周波数を用いて盗聴する。

電話盗聴器は、たいてい自動録音機とセットで売られている。電話が通話状態になると、二百メートル四方内に置いた自動録音機のテープも回るわけだ。

したがって、電話盗聴器を仕掛けた家の近くに張り込む必要はない。適当な時間に自動録音機を回収し、テープの音声を聴けばいいわけだ。

街風は、まずモジュラー型の盗聴器と自動録音機をセットで買った。価格は約十八万円だった。むろん、松尾から渡された二百万円の軍資金の中から払った。

室内盗聴器も多種多様だった。

本物の電気スタンド、電卓、置き時計、ラジカセ、ペン、人形などに盗聴器が仕掛けられた偽装型が圧倒的に多いが、三叉《みつまた》コンセント型や室内ボックス型もある。

街風は、室内ボックス型の盗聴器も購入した。マッチ箱ほどの大きさで、針金状のアンテナが付いている。

電源は水銀電池で、電池の寿命は約一週間は保《も》つらしい。値段は四万数千円だった。

ついでに、定番製品のコンクリート・マイクも買った。三万円で、お釣りがきた。

この盗聴器はマイクをコンクリートの壁に当て、内部の音を増幅させるわけだ。使用電源は電池で、多くの製品がそのまま盗聴できる造りになっていた。値の張る製品はＦＭ放送帯の送信機が内蔵され、電波を利用する。

街風は最後に携帯電話を傍受できる広域電波受信機《マルチ・バンド・レシーバー》を買って、マーケットを出た。二万数千円だった。

（想像以上に、企業や家庭には盗聴器が仕掛けられてるんだろう。厭《いや》な時代になったもんだ）

街風は長嘆息して、ジャガーに戻った。買い集めた物を後部座席に投げ入れたとき、ポケットフォンが着信音を奏《かな》ではじめた。

街風は懐《ふところ》から携帯電話を取り出し、耳に当てた。電話をかけてきたのは、宮口だった。

「山形さんが局を辞めたんですよ。ご存じでした？」

「いや、知らない。いつ退職したんだ？」

街風は後ろめたさを感じながらも、とっさに答えた。

「そうですか。きょう、急に辞表を書く気になったんだと言ってましたけど、ずいぶん急な話ですよね？」

「そうだな」

「街風さんに別れの挨拶もしなかったのか。なんかあったんですか？」

「いや、別にないよ。山形さん、宮には別れを告げに行ったのか……」

「ええ。誰にも何も言わずに消えるつもりだったらしいんですけど、急にぼくには挨拶して帰る気になったんだと七時過ぎに来られました。それで、少し前まで二人で局の近くの居酒屋で飲んでたんですよ」

「そうか」

「街風さんと最後に別れの酒を飲むというなら、よくわかりますが、誘われたのはぼくなんです。お二人の間に、ほんとうに何もなかったんですか？」

宮口が問いかけてきた。

「なぜ、そう思うんだ？」

「山形さん、不自然なくらい街風さんのことを話題にしたがらなかったんですよ。それから、目を潤《うる》ませてました。あれは悔し涙だったんだと思います」

「山形さんは、八王子《はちおうじ》の自宅に帰ったのか？」

「いいえ。新宿の馴染《なじ》みの酒場を回ってから、家に帰ると言ってました。なんとなく淋《さび》しそうだったんで、お供するって言ったんですよ。でも、今夜は独《ひと》りでしんみり飲みたいからと、タクシーに乗り込みました」

「そうか。明日にでも、山形さんの自宅に電話をしてみるよ。わざわざ悪かったな」

街風は謝意を表わし、電話を切った。

ジャガーに乗り込んで、飯田橋に引き返した。『神楽坂ハイツ』の前には、まだアリストが駐《と》まっていた。

荻はベッドで留衣と肌を貪《むさぼ》り合っているのかもしれない。街風は暗い場所に車を停め、すぐさまライトを消した。

3

ミニ・マンションから誰かが出てきた。

荻だった。十時を数分回っていた。

街風は車から飛び出したい衝動を抑《おさ》えて、荻の動きを目で追った。

どことなく荻は気《け》だるげだ。情事で疲れ果ててしまったのか。

荻が自分の車に乗り込んだ。アリストは、じきに走り去った。

街風は室内盗聴器だけを上着のポケットに入れ、ジャガーから出た。

夜気は尖《とが》っていた。思わず首を竦《すく》めた。

街風は『神楽坂ハイツ』の階段を昇った。

三〇一号室のインターフォンを鳴らす。室内でスリッパの音が響き、ドア越しに留衣がいきなり問いかけてきた。

「何か忘れもの？」

「関東テレビの街風です」

「えっ⁉」

「夜分に申し訳ない。仕事のことで、ちょっと相談に乗ってもらいたいことがあるんだ。迷惑じゃなかったら、二、三十分時間を貰えないだろうか」

街風は言った。

ほとんど同時に、スチール・ドアが開けられた。

留衣は真珠色のネグリジェの上に、芥子色《からしいろ》のウール・ガウンを重ねていた。化粧っ気はなかったが、充分に美しかった。

「ごめんなさい。湯上がりなのよ」

「突然、押しかけて悪いな」

「ううん、大歓迎よ。それにしても、お久しぶり！」

「そうだね」

「街風さんには一作で見限られちゃったと思ってたから、とっても嬉しいわ。とにかく、入って」

「ありがとう」

街風は部屋の中に入った。

間取りは1LDKだった。居間に導かれた。街風はソファに腰をおろした。

「いま、ホット・ウイスキーでも作るわ」

「おれ、車なんだ」

「それじゃ、コーヒーを淹《い》れるわ」

「何もいらないよ。坐ってくれないか」

「相変わらず、仕事熱心なのね」

留衣が微笑し、向かい合う位置に坐った。

「例の告訴騒ぎでは大変だったね。確か作家の冴木杏子《さえききようこ》とは和解済みだったよな？」

「ええ、告訴されて半年後にね。街風さんならわかってくれると思うけど、わたし、彼女の小説のストーリーなんかパクってないのよ。サガンの初期の作品やフランスの恋愛映画に触発されたことは事実だけど、冴木杏子の小説なんか読んだこともなかったの」

「そう」

「あの先生、あのころは低迷してたから、盗作騒ぎを起こして、マスコミの目を自分に向けさせたかったんだと思うわ。おかげで、こっちはとんだ迷惑だったわよ。あの騒ぎで、シナリオの注文が途絶えちゃったんだもの」

「関東テレビもそうだが、どの局も臆病なとこがあるからな。ちょっとでも常識に外《はず》れたことをやると、スポンサーや視聴者にそっぽを向かれるんじゃないかと、常にびくついてるんだ」

「ええ、そうね。そのくせ、バラエティ番組なんかは視聴者をばかにしてるような企画を幾つも通してる。どの局も、いい加減に視聴率至上主義はやめるべきよ」

「おれも視聴率に振り回されてる人間のひとりかもしれない」

街風は自嘲《じちょう》的に呟いた。

「あなたは、いいドラマを作ってるわ。だから、視聴者に熱く支持されてるのよ」

「そうだといいんだが、所詮、プロデューサーも消耗品なのかもしれない。顔の広いきみのことだから、もう噂が耳に入ってるだろうが、会社は来年、大胆な人事異動をするつもりらしいんだよ」

「そういえば、荻真人さんがドラマ・プロデューサーに復帰するって話は聞いたことがあるわ」

「その話は、荻から聞いたのかい？」

「ううん、別の人からよ。えーと、誰から聞いたんだったかしら？」

留衣がわざとらしく首を傾《かし》げた。

目を合わせようとしない。おそらく、荻本人から聞いた話なのだろう。

「来年、おれは編成部に異動になるかもしれないな」

「それはないでしょ？　だって、あなたは関東テレビの看板ドラマ・プロデューサーだもの」

「看板云々《うんぬん》はともかく、荻が制作部に復帰すれば、彼が現場を仕切ることになるはずだ」

「そうか、船頭さんが二人もいたら、船は山に……」

「まあね。だから、会社はおれを現場から外すことになるだろう」

「そうなったら、どうするつもり？　やっぱり、ドラマをプロデュースしたいんでしょ？」

「もちろんさ。編成部に回されることが正式に決まったら、局にはいたくないね」

「街風さんなら、他局から誘いがあると思うな」

「現に某局からスカウトされてるんだ」

街風は作り話を口にした。

「日東テレビあたり？」

「局名はまだ明かせないんだが、その会社は来てくれるんなら、いきなり十二回の連ドラを任《まか》せたいと言ってくれてるんだ」

「わっ、すごい！　給与なんかの条件は？」

「いまの年俸の三割増しでどうかって言ってる」

「いい話じゃないの。荻さんがドラマ部門を仕切るようになったら、その局に移ったほうがいいわよ」

「確かに好条件なんだが、このまま退職するのはなんとなく癪《しゃく》なんだよな。荻真人のほうが二年入社が早いんだが、彼は最初の三年半は報道部にいたんだよ」

「街風さんは入社して、すぐ制作部のADになったんだったわね？」

留衣が確かめる口調で言った。

「そう。だから、ドラマ制作では彼よりも、おれのほうがキャリアを積んでるんだ。それなのに、荻真人に仕切り役を奪われて、他局に移るのはなんか気分がすっきりしないんだよ」

「その気持ちはわかるけど、荻さんと張り合うのはつまらないんじゃない？　これも人から聞いた話なんだけど、彼は重役たちに取り入るのが上手《じょうず》らしいの」

「そういう面は確かにあるな」

「担当番組の主演女優と妙なことになったりしたら、ふつうはプロデューサーには復帰できないと思うの」

「ま、そうだね」

「それなのに、荻さんは来年、ドラマ部門の総責任者に返り咲くって噂なんだから、きっと裏に何かあるのよ。そう考えると、街風さんはいっそ他局に移ったほうが利口なんじゃない？」

「そうかな、やっぱり」

「絶対に、そのほうが得よ」

「なら、そうするかな。他局に移ったら、きみに連ドラの脚本を通しで書いてもらいたいと思ってるんだ。きょうは、そのことで相談に来たんだよ」

「ほんとに書かせてくれるの!?」

「ああ。来年、スケジュールをとってもらえるかい？」

街風は訊いた。

「最優先するわよ。そんな大きな仕事は、めったにないもの。捩《ねじ》り鉢巻きで、いいシナリオを書くわ」

「ぜひ頼むよ。タイプの異《こと》なるOL三人組のそれぞれの恋模様を絡《から》めながら、三人が新たな生き方を求めて旅発《だ》つという筋立てを考えてるんだ」

「面白そうじゃないの。人物造型が決め手になりそうね。ちょっと工夫を凝《こ》らしたキャラクターを創出するわ」

「大いに期待してるよ。ただ、おれが他局に移る気でいることは誰にも言わないでほしいんだ」

「わかってるわ。嬉しいなあ。なんだか祝杯をあげたい気分だわ。ね、ホット・ウイスキーを一杯だけつき合って。いいでしょ？」

「そうだな。二人で前祝いといくか」

「賛成！　すぐに用意するわ」

留衣がソファから立ち上がり、ダイニング・キッチンに足を向けた。

街風はラーク・マイルドに火を点け、居間を眺め回した。室内盗聴器の隠し場所は幾つかあったが、CDミニ・コンポと壁の間に仕掛けることに決めた。

しかし、すぐには実行できなかった。留衣とは三メートルそこそこしか離れていない。

（まだチャンスはあるだろう）

街風は、ゆったりと紫煙《しえん》をくゆらせた。

煙草の火を消しているとき、留衣がホット・ウイスキーとオードブルを運んできた。

「手ぶらで来ちゃったが、そのうち何かで埋め合わせするよ」

「そんな気遣いは無用だわ。街風さんは、大きな大きなプレゼントを持ってきてくれたんだから」

留衣がはしゃぎながら、ソファに坐った。

二人は乾杯した。オードブル皿には、生ハム、スライス・チーズ、グリーン・アスパラ、ビーフ・ジャーキーが形よく盛りつけてあった。

ウイスキーはバランタインだった。多分、十七年物のスコッチだろう。

「時々、きみのエッセイを読んでるよ」

「恥ずかしいな。エッセイって、書き手が丸裸にならなきゃいけないでしょ？」

「独身女性の本音《ほんね》が出てて、なかなか面白いよ。しかし、きみの本領はやっぱりシナリオだろうな」

「人気プロデューサーにそう言ってもらえると、とっても心強いわ。街風さんに恥をかかせないよう、いい脚本を書きます」

「肩に力を入れすぎると、かえって失敗することが多いんだ。緊張しつつも、ふだん通りに書いてほしいな」

「それって、けっこう難しいんじゃない？」

「言われてみれば、確かにそうだね。それじゃ、いつもの調子で書いてもらおう」

街風は言って、グラスを傾けた。

留衣も速いピッチで飲んだ。二人はグラスを重ねた。三杯目を半分ほど空《あ》けたとき、留衣が手洗いに立った。

トイレのドアが閉まると、街風は腰を浮かせた。

CDミニ・コンポの裏に室内盗聴器を置き、すぐにソファに戻った。あとは帰りがけに、自動録音機をミニ・マンションのそばの繁みの中に隠しておけばいい。

ラーク・マイルドをくわえたとき、留衣が戻ってきた。目許《めもと》がほんのり赤い。

「暑いわ。失礼して、一枚脱がせてもらうわね」

留衣がウール・ガウンを脱ぎ、ネグリジェだけになった。

ノー・ブラだった。坐ったとき、襟許《えりもと》から果実のような乳房の裾野《すその》が見えた。

（色仕掛けで、おれとの関係を深めようという魂胆《こんたん》だな。荻真人に抱かれたばかりの女なんかと寝られるかっ）

街風は心の中で悪態をついた。

「あなたがわたしにビッグ・チャンスを与えてくれたことに何か感謝しなければね」

「いいシナリオを書いてくれれば、それで充分だよ」

「それだけじゃ、感謝が足りないわ」

留衣が色目を使い、脚《あし》を組み替えた。

むっちりとした太腿《ふともも》が露《あらわ》になった。なんとパンティを穿《は》いていなかった。ほんの一瞬だったが、黒い艶《つや》やかな飾り毛がもろに見えた。

街風は思わず生唾《なまつば》を呑《の》んだ。

「わたし、ある時期、あなたに恋い焦《こ》がれてたのよ。ちょうど単発ドラマのお仕事をいただいたときだったわ」

「そんな気配は、まるで感じ取れなかったがな」

「意地悪ねえ。ドラマの最終収録が終わった夜、わたし、恥ずかしさを抑えて誘ったのに、あなたは相手にしてくれなかった。あのときは自分がとっても惨《みじ》めだったわ」

留衣が甘く睨《にら》みながら、また脚を組み替えた。

今度は、ゆっくりとだった。ネグリジェの裾が大きく乱れ、股間の翳《かげ》りが電灯の光に晒《さら》された。意図《いと》的な挑発だろう。

街風は、体の奥で欲望がめざめるのを鮮烈に意識した。何か言おうとしたが、適当な言葉が見つからなかった。

「あなたともっとわかり合って、いい仕事をしたいの。今夜は、もう恥をかかせないでね」

留衣がそう言いながら、立ち上がった。ネグリジェの前ボタンを外しつつ、コーヒー・テーブルを回り込んでくる。

街風は動けなくなった。

留衣が街風の前にうずくまり、股間に頬擦《ほおず》りしはじめた。刺激され、街風の体は鋭く反応した。留衣は顔を浮かせ、もっこりと盛り上がった部分を布地越しに手で撫《な》で回した。

（この女と妙なことになったら、弱みにつけ込まれそうだ。いや、待てよ。局内に何人も兄弟がいるようだから、別に弱みにもならないか。それならば、抱いても問題ないだろう）

街風は欲情を煽《あお》られ、都合のいいように考えはじめた。

その直後、留衣が馴れた手つきでスラックスのジッパーを引き下げた。

「おい、おい。困るよ、そんなことされちゃ」

街風は笑いながら、そう言った。そのくせ、留衣を払いのけることはできなかった。

熱を孕《はら》んだペニスを引き出された。

留衣は手でひとしきり弄《もてあそ》ぶと、無言で街風の膝の上に跨《また》がってきた。次の瞬間、彼女は街風の昂《たか》まりを自分の中に潜《もぐ》らせた。

「これで、わたしたちの結びつきは強くなるのね」

「ちょっと待ってくれ。いったん離れてくれないか」

街風は焦《あせ》って言った。

そのとき、留衣が顔を重ねてきた。唇を吸いつけながら、彼女は腰を弾《はず》ませはじめた。

密着感が強い。留衣の体は、男たちを歓《よろこ》ばせる構造だった。名器と言えるだろう。

た。


自制心が砕《くだ》け散った。

街風は舌を絡めながら、留衣の乳房をまさぐった。腰の曲線を撫で、弾みのある尻も揉《も》み立てた。

留衣は感度良好だった。

和毛《にこげ》の下の敏感な突起を愛撫すると、背を大きく反《そ》らせた。甘い呻《うめ》きも洩《も》らした。

(莰と同じベッドは使いたくねえな)

街風はいったん結合を解き、留衣を床に這《は》わせた。ネグリジェは着せたままだった。

後背位で体をつなぎ、右手の指を痼《しこ》った芽に添えた。左手で二つの乳房を交互に慈《いつく》しみながら、リズムをつけて突きはじめた。

むろん、突くだけではなかった。後退するときは腰を捻《ひね》った。そのつど、張り出した部分が膣口の襞《ひだ》をこそぐるはずだ。

こそぐるたびに、留衣は淫猥《いんわい》な声をあげた。腰も切《せつ》なげにくねらせた。

街風は徐々にスラストを速めていった。

突き、捻り、また突いた。動くたびに、湿った音が高くなった。

五分ほどすると、不意に留衣が沸点《ふってん》に達した。ジャズのスキャットのような声を切れ切れに発しながら、彼女は体を震わせた。

街風は痛いほど締めつけられていた。快感のビートが生々《なまなま》しく分身に伝わってくる。

「このままでいいのか？」

「ええ、大丈夫よ。わたし、ピルを服《の》んでるから」

留衣が息を弾ませながら、そう答えた。

街風はゴールに向かって突っ走りはじめた。

数分で弾けた。射精感は鋭かった。脳天が痺《しび》れたほどだ。

留衣が腹這いになった。街風は留衣の上に重なり、しばらく動かなかった。

体を離したとき、留衣が真っ先に言った。

「途中で脚本家を変えたりしないでね」

「そんなことしないさ」

「あなたを信じていいのね？」

「もちろんさ。そのうち、また会いに来るよ」

街風は体の汚れを拭《ぬぐ》って、手早く身繕《みづくろ》いをした。

「もう少し飲みましょうよ。ちょっとシャワーを浴びてくるから、先に飲んでて」

「今夜中に家で目を通しておかなければならない企画書があるんだ。きょうは、これで失礼するよ」

「そういうことなら、無理には引き留めないわ。帰る前に、手を洗ってったほうがいいんじゃない？」

留衣が言って、にやりとした。

街風は曖昧《あいまい》に笑い、洗面所に歩を運んだ。

手をよく洗い、ほどなく留衣の部屋を出た。体の一部に荻の体液が付着しているかもしれないと思うと、生理的な嫌悪《けんお》感が込み上げてきた。

しかし、留衣の部屋のシャワーを借りることはもっとおぞましく思えた。帰宅したら、まず体を清めたかった。

街風はジャガーに乗り込み、車内で作動させていた自動録音機のテープを巻き戻した。

再生ボタンを押すと、留衣との会話が鮮明に録音されていた。情事の気配もそっくり収録されている。

大急ぎで、その部分の音声を消去した。すぐに自動録音機をミニ・マンションの植込みの中に隠した。

車に戻り、慌《あわ》ただしく発進させた。

用賀の自宅に帰りついたのは、午前一時ごろだった。玄関に入ると、車椅子に乗った妻が奥から現われた。縞柄のパジャマの上に、白いカーディガンを羽織《はお》っていた。

「お帰りなさい」

「ただいま。お義母さんには悪いことをしたな。そのうち、何かで埋め合わせをするよ。静香は、もう夢の中だろうな」

「ええ、十一時ごろに寝《やす》んだから。その少し前に、会社の山形さんがいらしたのよ」

「えっ、山形さんが来たって⁉」

「だいぶお酔いになってらしたわ。あなたに直《じか》に言いたいことがあるとおっしゃって、十五分ほど待ってらしたんだけど、結局、お帰りになってしまったの」

「そう。ほかに山形さん、何か言ってなかった？」

「静香やわたしの体の具合のことを訊かれて、あとは世間話をなさっただけだったわ。でも、いつもよりも表情が硬《かた》かったわね」

「そうか」

「何か揉め事でもあったの？」

春奈が問いかけてきた。

「いや、そういうことはなかったがな」

「ほんとにトラブルはなかったの？　山形さん、何かに腹を立ててるようだったけど」

「明日の午前中に山形さんに連絡してみるよ」

「そうして。あなた、お食事は？」

「外で適当に済ませてきた」

「それじゃ、お茶を淹《い》れるわ」

「茶もいらない。風呂に入りたいんだ。きみは、もう寝んでいいよ」

街風は上着を脱ぐと、浴室に向かった。

山形は酒を飲んでも、怒りが鎮《しず》まらなかったのだろう。彼は春奈の前で、自分を罵倒《ばとう》する気だったのかもしれない。

（山形さんに何と言われても仕方ないな）

街風は暗い気持ちで、脱衣室に入った。

4

娘がマロン・グラッセに手を伸ばした。

すでに二個食べている。三つ目だった。

妻の春奈が首を横に振り、マロン・グラッセの箱を摑《つか》み上げた。

「甘いものばかり食べてちゃ、駄目！ ちゃんとトーストとハム・エッグも食べなさい」

「あと一個だけちょうだい。ね、お願い！」

静香が小さな手を合わせた。

春奈は聞き入れなかった。朝食時である。

「学校から帰ってきたら、トーストもハム・エッグも食べるよ。だから……」

「いけません」

「お父さん、味方になってよ」

娘が救いを求めてきた。街風は読みさしの朝刊をダイニング・テーブルに投げ出し、妻に声をかけた。

「あと一つだけいいじゃないか」

「駄目よ。そんなふうに甘やかしてると、偏食がもっとひどくなるんだから。クラス担任の先生からも、少し食べず嫌いを直してほしいって言われてるの」

「きょうだけ例外を認めてやろう」

「あなたは静香に甘すぎるわ」

春奈が溜息《ためいき》をついた。と、静香が急に立ち上がった。

「もういい！　頼まないよ。きょうのお母さんは大っ嫌い！」

「静香、わがままもいい加減にしなさい。自分の思い通りにならないからって、すぐに脹《ふく》れないのっ」

「脹れてないもん。ご馳走《ちそう》さま！」

「なんです、その態度は。まだ食事が終わってないでしょ」

春奈が咎《とが》めた。

「もう食べられないよ」

「マロン・グラッセを二個も食べるからよ。トーストはいいから、せめてハム・エッグだけでも食べなさい」

「お腹が一杯で入らない。無理に食べたら、吐いちゃうよ。それでも、食べろって言うわけ?」

「どうして、そういう生意気な口をきくのっ。怒るわよ」

「いいよ、怒っても。お母さんが怒ったって、ちっとも怖くないもん。車椅子じゃ、どうせ外までは追ってこれないでしょ」

静香が言い放ち、洗面所に駆けていった。

妻は下唇を噛みしめ、うつむいてしまった。街風はそっと立ち上がり、洗面所に急いだ。

静香は歯を磨《みが》こうとしていた。

「マロン・グラッセ、とってもおいしかったよ」

「静香、お母さんに謝りなさい」

「えっ、なんで?」

「さっき言ったことは、よくない。車椅子じゃ、どうせ外までは追ってこれないでしょ、だって? お母さんは、とっても厭《いや》な気持ちになったはずだ」

「でも、ほんとの話じゃないのっ。謝る必要ないよ」

「人間はね、思ってることをなんでも言っていいわけじゃないんだ。相手の心を傷つけるようなことは口にしちゃいけないんだよ。静香だって、心臓が悪かったときは思い切り走れなかっただろう?」

「うん」

「そのことで、学校の友達にからかわれたりしたら、悲しくなるはずだ」

「泣きたくなっちゃうよ」

「いま、お母さんはそういう気持ちになってると思う。だから、謝るべきだと言ったんだよ。お父さんが言ってること、わかるな？」

「うん、わかる。お母さんに謝ってくるね」

「そうしなさい」

街風は優しく言って、涙を溜《た》めている娘の小さな背を押した。静香はダイニング・キッチンに足を向けた。

街風は、わざと洗面所に留《とど》まった。ダイニング・キッチンから、妻と娘の話し声が低く聞こえてくる。

少し待つと、静香が戻ってきた。

「ちゃんと謝ったよ。そうしたら、お母さん、赦《ゆる》してくれるって」

「それはよかったな。歯磨きしたら、早く学校に行きなさい」

「うん、わかった」

「静香、そのうち給食も全部食べられるようにしような。いや、全部じゃなくてもいいんだ。お父さんだって、子供のころは人参《にんじん》がまったく食べられなかった。それから、ピーマンもあまり好きじゃなかったな」

「頑張《がんば》ってみるよ」

「いい子だ」

街風は娘の頭を撫で、ダイニング・キッチンに戻った。春奈はエプロンで目頭《めがしら》を押さえていた。

街風は妻の肩を軽く叩き、ダイニング・テーブルについた。飲みかけのコーヒーを啜《すす》って、ふたたび朝刊に目を通しはじめた。

静香は、いつものように八時十分に登校した。夫婦だけになると、妻がぽつりと言った。

「反抗期なのかしらね？」

「よくあんな態度をとってるのか？」

「ええ、最近はね。それはいいんだけど、こないだはちょっとショックだったわ」

「何があったんだ？」

「たまたま静香の下校時に、わたし、学校の前を通りかかったの。ちょうど校門から静香が出てきたんで、声をかけようとしたのね。そしたら、あの子ったら、横を向いちゃったの」

「きみに気づかなかったんだろう？」

「ううん、そうじゃないわ。その前に視線が合ったのよ。四、五人の友達と一緒だったから、きっと車椅子に乗ってる母親の姿を見られるのが厭だったのね」

「それは考えすぎだよ。静香の友達は、きみの体のことをだいたい知ってるじゃないか」

「ええ、そうね。でも、クラスの全員が知ってるわけじゃないわ」

「それはそうだが……」

街風は語尾を呑んだ。

妻が言ったことは、単なる僻《ひが》み根性ではないのかもしれない。静香はすっかり健康を取り戻し、病人や体にハンディのある者を思い遣《や》る気持ちが薄れてしまったのかもしれない。

そうだとしたら、一から家庭教育をやり直す必要がある。妻の切ない気持ちにも気づかなかった。

仕事にかまけて、家族のことをないがしろにしてきたのではないのか。そんな思いに捉《とら》われた。これからは、それとなく妻や娘の心の動きをできるだけ汲《く》み取ってやりたいものだ。

街風は汚れた食器をシンクに移した。

「ありがとう。後は、わたしがやるわ」

春奈が車椅子をターンさせ、食器を洗いはじめた。

街風は出勤の仕度《したく》に取りかかった。車に乗り込んだのは、八時四十分ごろだった。春奈に見送られ、勤務先に向かった。

玉川《たまがわ》通りに出て間もなく、街風はカー・ラジオを点けた。数分でトーク番組が終わり、ニュースが流れはじめた。

国際関係の報道のあと、首都圏のニュースに移った。

「昨夜十一時五十分ごろ、JR横浜線長津田《ながつだ》駅で人身事故がありました。この事故で、東京・八王子市に住む男性が亡《な》くなりました」

若い女性アナウンサーが少し間《ま》を取った。

(八王子市に住む男性が亡くなったって?)

街風は何か禍々《まがまが》しい予感を覚え、音量を高めた。

「亡くなったのは、関東テレビ編成部に勤務していた山形勇さん、四十九歳です。山形さんはホームから転落したところを電車に轢《ひ》かれた模様です。事故か飛び込み自殺かは、まだわかっていません。次は放火事件のニュースです」

アナウンサーが言葉を切った。

「なんてことなんだ」

街風は声を出して呟き、乱暴にラジオのスイッチを切った。

気が動転してしまって、車を運転できなくなった。ジャガーを路肩に寄せ、ハザード・ランプを灯《とも》した。

目に映《うつ》るものは、ことごとく色彩を失っていた。まるでネガ・フィルムを見ているようだった。頭の中は、無数の気泡で埋まっていた。

(落ち着け、落ち着くんだ)

街風は自分に言い聞かせ、何度か深呼吸した。いくらか思考力が生まれた。

昨夜、山形は街風の自宅を辞去してから、最寄《もよ》り駅から私鉄電車に乗ったと思われる。乗り換えの長津田駅で下車し、八王子行きの電車をホームで待っていたのだろう。

春奈によると、山形はかなり酔っていたらしい。

ホームをふらふらと歩いているうちに、誤って足を踏み外してしまったのか。そして、線路に転落したときに運悪く電車が入線したのだろうか。

あるいは、発作的に命を絶《た》つ気になったのか。

山形が街風の裏切りに強いショックを受けたことは間違いない。成りゆきから早期退職に応じてしまったが、そのことでも後悔していたのだろうか。

銀座の鮨屋で、山形はいずれ独立する気でいることを打ち明けた。しかし、いざとなったら、番組制作会社を設立する自信が揺らぎはじめたのか。それで、厭世《えんせい》的な気分になってしまったのだろうか。

山形は、ふだん物事を冷静に判断するタイプだった。自分で人生にピリオドを打つとはとても思えない。

しかし、どんな人間も心の奥底まで他人に見せているわけではないだろう。まして山形のような男は、個人的な悩みを他人に洩《も》らすことはあるまい。幾つかの悩みが重なって、衝動的に死を選んだのか。

できれば、転落による事故死であってほしい。しかし、自殺の可能性も否定はできなかった。

街風は携帯電話を使って、山形の自宅に電話をかけてみた。だが、先方の電話は留守録モードになっていた。

メッセージを入れずに、終了キーを押した。すぐに関東テレビの報道部に電話をかけ、同期入社のデスクを呼んでもらう。湧井《わくい》という男だった。

「山形さんのことだな?」

「ああ。事故死だったのか?」

「それがまだはっきりしないんだ。山形さんのビジネス・バッグの中には遺書の類《たぐい》はなかったそうだが、飛び込み自殺の可能性もあるな」

「目撃者は?」

「深夜だったんで、ホームの乗客は疎《まば》らだったらしいんだよ。それで、山形さんが線路に落ちた瞬間を見た者はひとりもいないというんだ」

「そうなのか。電車の運転士は、警察にどう言ってるんだい?」

「山形さんは誰かに背中を押されたような感じでホームの支柱の陰から飛び出してきて、前のめりに線路の上に落下したらしい。すぐに運転手はブレーキをかけたそうだが、間に合わなかったんだな。片腕が千切《ちぎ》れ、胴体は真っ二つに切断されてたそうだ」

「ホームで誰かに突かれた可能性もあるわけか」

「運転士の証言通りなら、殺人事件だな。しかし、おれは他殺説にはうなずけないんだ。おまえもよく知ってるように、山形さんは殺されるほど他人に憎まれる人物じゃない」

「ああ、それはその通りだな」

街風は相槌《あいづち》を打った。

「これはおれの推測だが、酔った山形さんは急に吐き気を覚えて、ホームの際《きわ》まで走ったんじゃないかな？　そのとき、勢い余ってホームの下に転げ落ちたんだろう」

「それも考えられるな。山形さん、昔よりも酒に弱くなってたから」

「なら、おれの推測は正しいと思うよ。山形さん、特に悩みごとを抱えてたわけじゃないんだろう？」

湧井が問いかけてきた。

「ああ、多分ね」

「それなら、事故死だろうな。一応、行政解剖に回されて、夕方には自宅に遺体が搬送されることになってるそうだぜ。おそらく、今夜が通夜だろう」

「だろうな」

「おまえは山形さんの弟子筋に当たるわけだから、葬儀の手伝いをしないとな」

「そのつもりだよ」

「おれもショックだったよ。悪い、別の電話に出なくちゃならないんだ」

「忙しいとこを悪かったな」

街風は電話を切り、ポケットフォンを懐に戻した。

事故死だったという裏付けを得たわけではない。もし自殺だとしたら、なんとも寝醒《ざ》めが悪い。自分の裏切りが引金《ひきがね》になっていることは間違いないだろう。

(おれは自分の暮らしを維持するために、恩人まで死に追い込んじまったのか。そうだとしたら、人間として、下《げ》の下《げ》だな)

街風は煙草を一本喫《す》ってから、ふたたび車を走らせはじめた。

出社したのは十時前だった。

街風は制作部の自分の机に鞄《かばん》を置くと、すぐに総務部に顔を出した。松尾部長は出社していた。

街風は目顔《めがお》で部長を呼び、先に例の小部屋に入った。

待つほどもなく松尾がやってきた。

「嚙みつきそうな顔をして、いったいどうしたんだ?」

「きのう、山形さんが亡くなったことはご存じでしょ?」

「ああ、知ってる。奴っこさん、酔っ払って駅のホームから転落したようだな」

「いや、自殺の可能性もあるでしょう。そうだとしたら、山形さんを追いつめたのはわたしでしょう」

「ちょっと自意識過剰なんじゃないのか。リストラされたぐらいで人生に絶望する人間はいないよ」

「山形さんは職を失ったことで絶望したんではなく、わたしの裏切りで人間不信に陥《おちい》ったんでしょう。少なくとも、それが自殺の引金になったことは確かでしょう」

「だから、どうだというんだね？」

「もう薄汚れたことはしたくないな。わたしを横領罪で訴えても結構です。あとで、天野部長に辞表を出しておきます」

「きみの辞表は誰も受理しないさ。きみを刑務所に送り込んでも、われわれにはメリットがないからね」

「わたしを飼い殺しにするつもりなんですねっ」

街風は総務部長を睨んだ。

「もっと前向きに考えられないのかね？　いま会社のために汗を流せば、きみは近いうちに制作部長になれるだろう」

「わたしは現場の仕事が好きなんですっ。制作部長になんかなりたくありません」

「欲のない男だ」

「とにかく、会社を辞めます。妻には何もかも打ち明けて、ゼロから再出発します。常務に、そう伝えといてください」

「きみが本気で局を辞める気なら、奥さんや娘さんの身の安全は保証できなくなるよ。わずかな金で誘拐《ゆうかい》でも殺人でも請け負《お》ってくれる人間は、どこにでもいるんだ」

「なぜ、家族まで脅《おびや》かそうとするんです」

「きみの悪事が明るみに出たら、会社まで泥を被《かぶ》ることになるじゃないか」

「汚い、汚いですよ」

「いまになって、何を言ってるんだ。きみは会社のために、ずっと汚れ仕事をやりつづけなきゃならないんだっ。青臭いことを言ってないで、少しは頭を冷やせ！」

松尾がそう言って、口の端を歪めた。

街風の血が逆流した。無意識に右のストレート・パンチを繰り出していた。

パンチを顔面に受けた松尾部長は、後ろの壁まで吹っ飛んだ。壁に後頭部を打ちつけ、横倒れに転がった。

口許は鼻血で染まっていた。松尾が肘《ひじ》で、上体を起こした。

「辞表を書きたきゃ、何枚でも書け。書いたそばから、残らず破り捨ててやる」

「汚い連中だ」

街風は床に唾を吐き、総務部特別調査室を飛び出した。

第三章　謎のＣＭ間引き事件

1

女探偵が帝都探偵社から出てきた。

午後一時半過ぎだ。帝都探偵社は西新宿にある。五階建ての自社ビルだった。

街風はジャガーを降り、伊波千秋を尾《つ》けはじめた。

松尾総務部長にパンチを浴びせてから、数時間経っている。だが、まだ親指の関節のあたりが痛い。松尾の顔面を殴打したときに突き指してしまったのだろう。

他人を殴ったのは、高校時代以来だった。冷静さを取り戻したとき、大人げないことをしたと少し悔やんだ。

しかし、憤《いきどお》りが消えたわけではない。松尾だけではなく、染谷常務や天野制作部長に対する怒りも感じていた。

松尾が吐いた言葉は、ただの脅《おど》しとは思えなかった。

自分が強引に退職しようとしたら、彼らは本気で荒っぽい犯罪のプロに娘の静香を拉致《らち》させるかもしれない。出世欲に取り憑《つ》かれた連中なら、やりかねないだろう。

八歳の少女だからといって、性的な虐待を受けないという保証はない。数こそ少ないだろうが、幼児性愛《ペドファイル》の嗜好者《しこうしゃ》はいる。

誘拐《ゆうかい》の実行犯の中に、そんな異常性欲者がいるかもしれない。静香が身を穢《けが》されたら、そのことは心的外傷《トラウマ》になるだろう。

下半身の不自由な妻も、魔手から逃《のが》れることは難しい。春奈が監禁されることになれば、おそらく暴漢に犯されるだろう。

最悪の想像が頭の中で渦巻いていた。

かけがえのない妻子にそんな辛《つら》い思いはさせたくない。家族を護《まも》るためには、敵の弱みを押さえるほかなさそうだ。

千秋は百メートルほど歩き、小さなイタリアン・レストランに入っていった。

どうやら遅めの昼食を摂《と》る気らしい。街風は店の少し手前にたたずみ、煙草《たばこ》をたてつづけに二本喫《す》った。

それから彼は、イタリアン・レストランの洒落《しゃれ》たドアを押した。狸顔《たぬきがお》の女調査員は奥のテーブル席にいた。後ろ向きだった。

客の姿は少なかった。

街風は大股で進み、千秋の正面に勝手に坐った。

「あ、あなたは⁉」

千秋が目を丸くした。

「逃げないでくれ」

「わたしを尾けてたのね？」

「まあね。きみに頼みがあるんだ」

街風は言って、わずかに上体を引いた。ウェイトレスがスパゲティ・ボンゴレをテーブルに運んできたからだ。

街風は千秋と同じものをオーダーし、ラーク・マイルドをくわえた。若いウェイトレスが下がった。

「頼みって、何ですか？」

「食べながら、話を聞いてくれないか」

「でも……」

「お先にどうぞ」

「ええ」

千秋が困惑顔でフォークを手に取った。しかし、スパゲティを食べようとはしない。

「別の調査員がおれをマークすることになったんだろう？　きみの影は見えなくなったからな」

「そういう質問には答えられません」

「相変わらずだな。実は、ダブル・スパイになってほしいんだ」

街風は声をひそめて言った。

「どういうことなんですか？」

「おれの動きを探る振りをしながら、染谷常務、天野制作部長、松尾総務部長の三人の私生活を洗ってほしいんだ」

「何か弱みを摑《つか》んでくれってことなのね？」

「そう。三人のスキャンダルを押さえてくれたら、百万の報酬を払うよ。染谷常務の弱みを摑んだだけでも、五十万やる。バイトとしては、悪くないと思うがな」

「いい内職ね。でも、バイトのことが会社にバレたら、わたしは退職させられるわ」

「駆け引きは苦手《にがて》なんだ。いくら出せば、協力してくれるんだい？」

「もっとお礼が欲しいってわけじゃないんです」

千秋が言って、フォークにスパゲティを巻きつけた。

「ということは、何か別の条件があるんだな？」

「ええ。実は、わたしにも相談があるんです」

「言ってみてくれないか。できる範囲で協力はするよ」

「あなた、喧嘩《けんか》は強いほう？」

「腕力には、あまり自信ないな。格闘技の心得もないしね。暴力団関係者とトラブってるのか？」

「いいえ、そうじゃないんです」

「差し障《さわ》りがなかったら、詳《くわ》しい話を聞かせてくれないか」

街風は言いながら、煙草の火を消した。

ちょうどそのとき、スパゲティ・ボンゴレが届けられた。街風も、まだ昼食を摂っていなかった。空腹だった。

「食べながら、話そうよ」

「ええ」

千秋がフォークを口に運んだ。

街風もスパゲティを食べはじめた。トッピングの浅蜊《あさり》は大粒だった。ガーリックがほどよく利《き》き、味は悪くない。

「わたし、五年も交際してた男に騙《だま》されてしまったんです」

「その男はきみを棄《す》てて、別の女性と結婚したのか？」

「ええ、そうなんです。それだけじゃなく、二人で結婚費用に貯《た》めてたお金も返してくれないんですよ」

「悪い奴だな。いくら奪《と》られたんだい？」

「四百五十万円です。わたし、その彼の銀行口座に毎月せっせと振り込んでたんです」

「振込伝票の控えは保存してあるね？」

「はい、全部取ってあります」

「それじゃ、取り返せるだろう」

「わたし、何度も彼にお金を返してくれって催促したんです。だけど、いまはとても返す余裕がないの一点張りで、返済を延ばし延ばしにされてるの」

「ほんとうに暮らしがきついんだろうか」

「そんなことはないと思います。奥さんを働かせてませんし、家賃の高いマンションを借りてるんです。国産だけど、車は新車ですしね」

千秋が恨《うら》みがましく言った。

「それは誠意がなさすぎるな」

「誰だって、そう思いますよね？」

「ああ」

「その四百五十万円を取り立ててくれたら、わたし、あなたに協力します。別に謝礼なんかいりません」

「その男は、どんな奴なんだい？」

「わたしより五つ年上で、杉並《すぎなみ》区の高円寺《こうえんじ》で博多《はかた》ラーメン屋を経営してるんです」

「性格は荒っぽいの？」

「九州男児だから、割に男っぽいですね」

「なんか強そうだな。空手か何か習ってたんじゃないのか？」

「格闘技の心得はないはずです」

「それなら、なんとかなるかもしれないな」

「引き受けていただけるんですか？」

「よし、引き受けよう。どうしても常務たちの弱みを押さえたいんでね」

「ありがとうございます。それで、いつ取り立てに行ってもらえるんですか？」

「いつでもいいよ。ただ、できることなら、きみも一緒についてきてほしいな」

「ええ、いいですよ。わたし、舟橋克郎《ふなばしかつろう》の店に案内します」

「それが彼の名前なんだね？」

「そうです。わたしのほうは、これからでもかまいません」

「これから!?」

街風は思わず裏声になってしまった。

「ええ。風邪《かぜ》気味だと言って、会社は早退《はやび》けします。できるだけ早く決着をつけたいの」

「わかった。それなら、これから高円寺に行こう」

「はい。それじゃ、いったん会社に戻って、ハンドバッグやコートを取ってきます。振込伝票の束《たば》は、いつもハンドバッグに入れてあるんです。すぐに戻ってきますね」

女探偵は言いおき、あたふたと店を出ていった。

（相手が堅気《かたぎ》なら、なんとかなるだろう）

街風はスパゲティ・ボンゴレを掻《か》き込みはじめた。

ナプキンで口許《くちもと》を拭《ぬぐ》っていると、千秋が店に駆け込んできた。

「戦《いくさ》の前に腹ごしらえをしておけよ」

「急に食欲が失《う》せちゃいました。一食ぐらい抜いても、どうってことありませんから」

「それなら、出よう」

街風は立ち上がって、二人分の食事代を素早く払った。千秋はすまながって、何度も礼を言った。

二人は表に出た。

街風は助手席に女探偵を乗せると、すぐさまジャガーを走らせはじめた。

数分が流れたころ、千秋が口を開いた。

「お世話になるから、依頼人のことを喋っちゃいます。あなたの調査をしてくれないかと会社を訪ねてきたのは、総務部長の松尾さんでした」

「やっぱり、そうだったか。松尾は、おれの顔写真を用意して、帝都探偵社を訪ねたんだね？」

「ええ、そうです。それで、最初の調査報告で関東テレビにうかがったとき、染谷さんや天野さんにお目にかかりました」

「三人の顔を知ってるなら、特に彼らの写真を用意することはないね？」

「ええ。こちらも面が割れてるので、三人を尾行するときは変装するつもりです」

「そうしてもらえると、ありがたいな」

「えーと、それからですね、あなたの調査は明日から菊村進《きくむらすすむ》という同僚が担当することになってます」
「それは、いいことを教えてもらったな。菊村という男の特徴は?」

街風は訊《き》いた。

「小太りで、どんぐり眼《まなこ》です。身長は百七十センチ前後だと思います。年齢は三十二か、三です」

「そう」

「多分、三人でリレー尾行になると思いますが、菊村がチーフですから、必ず街風さんの身辺近くに……」

「わかったよ」

会話が途絶《とだ》えた。

やがて、車はJR高円寺駅前に出た。まだ三時前だった。

舟橋克郎の店は、駅前通りの外《はず》れにあった。街風は車を裏通りに駐《と》め、千秋と博多ラーメン屋まで歩いた。

「あいつです」

店の中を覗《のぞ》き込みながら、千秋が小声で告げた。

街風は店内に目をやった。カウンターの向こう側に舟橋がいるきりで、客の姿はなかった。ちょうど暇《ひま》な時間帯なのか。それとも、味が悪いせいなのか。舟橋は口髭《くちひげ》を生《は》やしていた。

「少し遅れて店に入ってきてくれないか」

街風は女探偵に耳打ちして、先に店内に入った。

狭い店の中には、豚骨《とんこつ》スープの匂いが充満していた。客席は十数席しかなかった。

「いらっしゃいませ。何にしましょう？」

「あんた、舟橋克郎さんだね？」

「ええ、そうです。お客さんは？」

「取《キ》り立《ト》て屋《リ》だよ」

「おれ、街金《まちきん》から金なんか借りてないですよ」

舟橋が言った。

「最近は組の遣《シ》り繰《ノ》り《ギ》がきつくなってるんで、素人《しろうと》さんの集金もやってるんだ。おれは歌舞伎《かぶき》町《ちょう》の関東桜仁《おうじん》会権藤《ごんどう》組の者だよ」

「おたくさん、ほんとうに組関係の方なんですか？　やくざには見えないな」

「どこの組も幹部連中は、堅気と同じような身《ナ》な《リ》りをしてるもんさ。なんなら、組事務所で話《ナシ》を
つけようか。それとも、背中の刺青《スミ》を見るかい？」

街風はゆっくりと顎《あご》を上げた。筋者《すじもの》たちは凄《すご》むとき、よくそうやる。それを真似《まね》たのだ。

「いったい誰に頼まれたんです？」

「伊波千秋だよ。あんた、結婚話を餌《えさ》にして、彼女から四百五十万も騙し取ったなっ」

「おれ、そんなことしてませんよ。千秋とは何年かつき合いましたけどね」

「だいぶ依頼人の話と違うな。ちょっと確かめてみるか」

「千秋がここに来てるんですか⁉」

舟橋が狼狽《ろうばい》した。

街風は大声で千秋を呼んだ。女探偵が険《けわ》しい顔つきで店に入ってきた。舟橋が目を逸《そ》らした。明らかに焦《あせ》っている様子だ。

「ここの店主は、金を騙し取った覚えはないと言ってるぜ」

街風は千秋に言った。千秋が舟橋を罵《のの》しりながら、ハンドバッグから銀行の現金自動預け払い機《ATM》の振込伝票の束を掴み出した。

「これを見なさいよ。どの伝票にも、ちゃんと振込先のあんたの銀行口座名が入ってるわ。ちょっと電卓貸してよ。あんたの目の前で、伝票の金額を合計するから」

「確かに四百五十万円、おまえに振り込んでもらったよ。けどさ、とっくに遣《つか》っちまって、もう手許《てもと》には金がないんだ」

「そんな言い訳は聞き飽《あ》きたわ」

「もうしばらく待ってくれよ。いつか必ず全額返すからさ」

「冗談じゃないわ。いますぐ全額返してちょうだいっ」

「ない袖《そで》は振れないだろうが！」

舟橋が開き直って、喚《わめ》き散らした。

千秋が竦《すく》み上がり、半歩後《あと》ずさった。

街風はカウンターの上の台に腕を伸ばし、アルミの洋盆を払い落とした。十数個の空《から》のコップがカウンターの向こう側に落ち、次々に砕《くだ》けた。

「何するんだよっ」

舟橋が気色《けしき》ばんだ。街風は薄く笑って、上着の裾《すそ》の下に右手を滑らせた。

「撃《ハジ》かれてえのかっ」

「あ、あんた、拳銃を持ってるのか!?」

「暴発しやすいトカレフをな。撃《ハジ》く気はなくても、きょうも暴発するかもしれねえなあ」

「撃つな。拳銃なんか出さないでくれーっ」

舟橋が震《ふる》え声で訴えた。

「金を返す気になったかい？」

「返す、返すよ。でも、銀行には三百数十万の預金しかないんだ」

「とりあえず、きょうはそいつを集金させてもらおう。残りは、あんたの女房にお風呂で働いてもらって……」

「お風呂って、ソープランドのことでしょ？」

「ああ。うちの組がダミーに経営させてる店だから、悪いスケコマシに引っかかる心配はねえよ」

「金は全額払う。きれいに払いますよ。マンションに百四、五十万の現金があるはずだ。それを女房に持ってこさせます」

「先に銀行のキャッシュ・カードを貰《もら》っておこうか。まだATMは使える時刻だ」

街風は手を差し出した。

「カードは自宅に置いてあるんです」

「それじゃ、カードも一緒に女房に持ってこさせな」

「わかりました」

舟橋が店の電話を使って、自宅にいる妻に指示を与えた。

「きみは、おれの車の中で待っててくれ」

街風は小声で千秋に言い、ホルダーごと鍵《キー》を渡した。千秋が店を出ていった。街風は円《まる》椅子に腰かけ、ラーク・マイルドに火を点《つ》けた。

「十分か、十五分待ってください。女房にできるだけ早く来るよう言いましたんで」

「かみさん、いくつだい？」

「二十六です」

「抱きごろだな。金利として、一カ月、組で女房《バシタ》を預かるか。若い衆の公衆便所ぐらいは務《つと》まるだろう」

「か、勘弁してくださいよ。女房には関係のないことなんですから」

「それもそうだな。そいつは勘弁してやらあ。その代わり、向こう一年間、伊波千秋の銀行口座に毎月十万円ずつ振り込んでやれや」

「ということは、百二十万円の金利ということですよ。それは、ちょっときついな」

「やっぱり、組事務所に来てもらうか。かみさんと一緒にな」

「わ、わ、わかりました。月々十万円、千秋の口座に振り込みますよ」

「それじゃ、念書を起こしてくれや」

「ここには便箋《びんせん》がないんです」

「伝票の裏でいいよ。ハンコがなかったら、血判でもかまわないぜ」

「け、血判ですか⁉」

「ああ。割れたコップのかけらで指先にちょいと傷をつくりゃ、血判の出来上がりだ」

「まいったなあ」

舟橋がぼやきながら、レジスターに歩み寄った。

売上伝票の裏にボールペンを走らせ、血判を捺《お》した。念書の文字は金釘流《かなくぎりゅう》だった。しかも、ひらがなが多かった。

街風は念書を二つに折り畳み、上着の右ポケットに突っ込んだ。

それから間もなく、二十五、六の髪の長い女が店におずおずと入ってきた。舟橋の妻だった。顔は十人並だが、肉感的な肢体《したい》だ。ただ、頭の回転は鈍《にぶ》そうだった。

彼女が持ってきたクラッチ・バッグには、百五十万円の現金とキャッシュ・カードが入っていた。街風は現金だけを抜き取り、舟橋の妻に言った。

「悪いが銀行に行って、キャッシュ・カードで三百万円を引きおろしてきてよ。一遍《いっぺん》に全額は引き出せないから、百万円ずつな」

「わかってます。うちの亭主《ひと》、秘密カジノかなんかで遊んで借金をこしらえたんですね？」

「ま、そんなとこだ。早いとこ頼むぜ。銀行、近くにあるんだろ？」

「はい、駅前にあります。それじゃ、行ってきますね」

舟橋の妻が怯《おび》えた顔で言い、慌《あわ》ただしく表に飛び出していった。

「千秋を棄てて、いまの彼女に乗り換えたのはどうしてなんだい？」

「女房は頭よくないけど、ナイス・バディであっちが抜群なんですよ。千秋は体が貧弱だし、セックス・テクニックもないから」

「かみさん、そんなに床上手《とこじょうず》なのかい？　なら、組がやってる風呂屋のナンバー・ワンになってもらうか。その前に、おれと組長《オヤジ》が味見させてもらってもいいな」

「か、勘弁してくださいよ。おれ、女房に惚《ほ》れてるんですから」

「冗談だよ、安心しな」

街風は笑って、新しい煙草をくわえた。

舟橋が屈《かが》み込んで、コップの破片を片づけはじめた。店主の妻が戻ってきたのは、十数分後だった。

街風は三百万円を受け取ると、ラーメン店を出た。

千秋はジャガーの助手席に坐っていた。街風は運転席に入ると、現金四百五十万円と念書を千秋に手渡した。

「こんなに早く片がつくとは思いませんでした」

「やくざになりすましたから、舟橋はすんなり金を返す気になったんだろう」

「そうみたいですね。あいつ、怯《おび》えてましたよね？　いい気味だわ。詫《わ》び料として、毎月十万円も振り込んでもらえるなんて、なんだか得した感じです」

「後で振込先の口座番号を教えておくんだね」

「そうします。あなたに何かお礼をしなければね。どこかで何かおいしいものを奢《おご》ります」

「気持ちだけいただいとくよ。それより、常務たちの弱みを押さえてくれよな。何かわかったら、携帯に電話してくれないか」

街風はナンバーを教えた。

「きっと何か摑めると思います」

「よろしくな。きみの住まいは、どこなんだい？」

「国立です」

千秋が答えた。

「これから八王子に行かなきゃならないんだ。家の近くまで送るよ」

「悪いわ。わたし、高円寺から電車で帰ります」

「ついでだから、送っていくよ。シート・ベルトをしてくれ」

街風はエンジンを始動させた。

2

午後六時半だ。

街風は八王子市郊外の新興住宅街を行きつ戻りつしていた。外は暗かった。あと七、八分で、山形勇の自宅は、四つ角の向こう側にある。

家の近くまでは幾度も足を運んだ。しかし、通夜の弔問客を見ると、きまって足が竦《すく》んだ。自分が山形を自殺に追い込んだのかもしれないと考えると、遺族と顔を合わせるのが怖《こわ》かった。

といって、このまま逃げるわけにはいかない。

街風は勇気を振るい、山形の家に向かった。

気が重かった。

通りには、中世ドイツ風の建物が連《つら》なっている。大手不動産会社が十年ほど前に販売した高級建売住宅だった。

どの家も七、八十坪の敷地で、庭木が多い。玄関周辺をガーデニングで飾っている家が目立つ。

山形邸に近づくと、家の中から読経《どきょう》がかすかに洩《も》れてきた。

街風は、また足が竦みそうになった。山形の死顔を見るのは辛すぎる。しかし、弔《とむら》いをしないわけにはいかない。

(おい、しっかりしろ)

街風は自分を叱《しか》りつけ、山形邸の門を潜《くぐ》った。

ポーチの下に、葬儀社の社員らしい男が二人立っていた。どちらも若くはない。

街風は男たちに目礼して、家の中に入った。

玄関ホールにも、葬儀社の者が立っていた。四十絡《がら》みの男だった。

その男に導かれ、広い玄関ホールに面した居間に入る。

居間のソファ・セットは一隅に寄せられ、空《あ》いたスペースに弔い客たちが坐っていた。居間に隣接している十畳の和室に祭壇が設《もう》けられ、その前に柩《ひつぎ》が置いてあった。

三人の僧侶が祭壇の前に横一列に並び、声明《しょうみょう》を唱《とな》えていた。その右手には、故人の妻と二人の息子が正座している。

街風は通夜の客たちを見た。

奥に宮口がいるだけで、そのほかには局の者は誰もいなかった。十数人の男女は、故人の縁者だろう。

街風は最後列に正座した。

そのとき、未亡人の志乃《しの》と目が合った。街風は会釈《えしやく》した。

だが、故人の妻は頭を下げなかった。それどころか、憎悪に満ちた目を向けてきた。四十七歳の志乃は、日本的な美人だ。

いつもの柔和《にゆうわ》な顔は、鬼女のように険しかった。

街風はたじろぎ、伏し目になった。

志乃が僧侶たちに一礼し、そっと立ち上がった。彼女は和室から玄関ホールに出ると、すぐに居間に入ってきた。

どう慰《なぐさ》めればいいのか。

街風は頭の中で言葉を探した。志乃が近づいてきて、切り口上で言った。

「街風さん、玄関ホールに出ていただけますか」

「あ、はい」

街風は立ち上がった。志乃は早くも居間を出ようとしていた。街風は未亡人の後を追った。

居間を出ると、志乃は玄関マットの横に立っていた。

「このたびは突然のことで……」

街風は型通りの挨拶をした。

「お帰りください！」

「なぜ、そのようなことをおっしゃるんです？」

「白々《しらじら》しいわね。夫は、あなたに裏切られたことを昨夜《ゆうべ》、新宿から電話で伝えてきたんです」

「ご主人は、どのように？」

「罠《わな》に嵌《は》められたって、泣いて口惜《くや》しがってましたよ。山形はあなたには全幅の信頼を寄せてたのに、あまりにもひどい仕打ちじゃありませんかっ」

志乃が声を震わせた。

街風はうなだれた。何も言えなかった。

「夫は、山形はリストラ退職に追い込まれたことよりも、あなたの背信行為にショックを受けてました」

「申し訳ありませんでした。言い訳になりますが、ある事情がありまして、会社の手先にならざるを得ない状況になってしまったんです」

「何があったのか知りませんけど、あなたは人の道に外れたことをやったのよ。そのために、きっと夫は生きることに絶望して……」

「山形さんは遺書めいたものを遺《のこ》されていたんでしょうか？」

「それはなかったわ。でも、おそらく山形は発作的に電車に飛び込む気になったんでしょう」

「行政解剖の結果は、どう出たんでしょう？」

「あなたに教える義務はないはずよ。早くお帰りになって！　告別式にも、お出にならないでくださいね」

「奥さん、せめて焼香だけでもさせていただけませんか。お願いします」

「お断りします。お引き取りください！」

志乃が言った。

そのとき、和室の襖《ふすま》が開き、茶髪《ちゃぱつ》の若い男が飛び出してきた。故人の長男だった。

「あんた、よくここに来れたな。あんたが親父《おやじ》を殺したようなものじゃないかっ」

「武彦《たけひこ》君、冷静になってくれないか」

「ふざけるな、ユダめ！　とっとと消え失《う》せろ」

「とりあえず、きょうは帰ります」

街風は未亡人に一礼し、急いで靴を履《は》いた。

武彦の罵声《ばせい》が耳を撲《う》った。未亡人が息子をたしなめ、和室に引っ張っていった。

街風は玄関を出た。葬儀社の男が同情を含んだ眼差《まなざ》しを向けてきた。

山形邸を出たとき、関東テレビの社旗をはためかせた黒いセルシオが街風の目の前に停《と》まった。

後部座席から降りてきたのは、報道部の湧井輝雄《てるお》だった。街風は片手を挙《あ》げ、湧井と向かい合った。

「警察は、自殺と断定したのか？」

「いや、依然として事故死と他殺の両面で……」

「他殺の根拠は、電車運転士の証言だけなんだろう？」

「いや、それだけじゃない。行政解剖で、山形さんの背中に鬱血《うっけつ》の痕《あと》が認められたんだ。誰かに背中を強く突かれた可能性がある。ただ、ホームで突き飛ばされたのかどうかはわからないんだよ」

湧井が言った。

「しかし、運転士の証言もあるから、ホームで何者かに山形さんは突き飛ばされた可能性もあるな」

「おれは、そう睨《にら》んでる。で、弔問を兼ねて、奥さんから少し話を聞く気になったんだよ」

「そうか。何かわかったら、教えてくれ。おれにとって、山形さんは特別な先輩だったからな」

「それはいいが、夜通し故人のそばにいてやらないのか」

「ちょっと中座させてもらうだけだよ。すぐに戻ってくる」

街風は苦し紛《まぎ》れに言い、湧井に背を向けた。

ジャガーは少し離れた路上に駐めてあった。街風は大股で歩きはじめた。

山形の背中の鬱血は、いつ、どこでできたものなのか。

電車の運転士の証言は無視できない。やはり、山形は長津田駅のホームで誰かに背を強く突かれたのではないか。

そう考えると、少し気が軽くなった。他殺だとしたら、いったい誰が山形を葬《ほうむ》ったのか。

常務たち三人が山形をリストラ退職させたがっていたことは間違いないが、殺害の動機はなさそうだ。

山形は売り言葉に買い言葉で、きのう、その場で辞表を書いた。局から山形がいなくなれば、染谷たち三人は目的を果たせたことになる。わざわざ退職者を殺しても、なんの意味もない。

死んだ山形は、ことドラマ制作に関しては安易な妥協はしない男だった。

だからといって、決して独善的ではなかった。若い制作スタッフたちの話にも耳を傾け、納得がいけば、そうした意見も採用した。

下請けの番組制作会社のスタッフを顎で使うようなこともなかった。むしろ、絶えず彼らに気を遣うタイプだった。

制作の現場を外されても、山形の姿勢は変わらなかった。ただ、無能な役員には手厳しかった。名指しで個人攻撃もした。

しかし、それで悪口を言われた役員が山形に殺意を懐《いだ》くとは思えない。山形が殺されたとしたら、何か大きな事件に巻き込まれたからではないのか。

見てはならないものを見てしまったのかもしれない。それは何だったのか。街風には、見当もつかなかった。

「街風さーん、待ってください」

背後から男に呼びかけられた。宮口の声だった。

街風は立ち止まった。宮口が駆け寄ってきた。二人は路上で向かい合った。

「奥さんに弔問を断られちまったんだ」

街風は先に口を切った。

「そうみたいですね。何度も同じことを訊きますが、山形さんと何かあったんでしょ？」

「作劇法《ドラマツルギー》のことで意見がぶつかって、つい山形さんのセンスはもう古いと口走っちゃったんだよ」

「それだけなんですか？　街風さん、ぼくには正直に話してください」

宮口が言った。

「別に隠し事なんかしてない。おれが生意気なことを言ったんで、山形さん、むかっ腹を立てたんだ。自分のセンスがもう通用しないんだったら、潔《いさぎよ》く身を退《ひ》くとも言ってた」

「で、きのう、急に退職する気になったと？」

「そういうことなんだろうな」

「こんなこと言っていいのかどうかわかりませんが、山形さんの奥さん、だいぶ街風さんのことを恨んでるようでしたよ」

「さっき玄関ホールで面罵されたよ。奥さんはおれのせいで、山形さんが発作的に電車に飛び込んだと思ってるようだが、どうも他殺の疑いが濃くなってきたんだ」

「山形さんが殺された!?」

「ああ、おそらくね」

街風は、電車運転士の証言と湧井から聞いた話をした。

「山形さんの背中に打撲の痣《あざ》があったんだったら、駅のホームで突き飛ばされたのかもしれないな」

「湧井だけじゃなく、おれもそう思ってるんだ。しかし、まるっきり犯人の見当がつかなくってな。宮、何か思い当たることがあるか？」

「いいえ、ありません。だって、山形さんには敵がいなかったでしょ？ 偉い人たちは、山形さんの職人気質《かたぎ》を嫌ってたようですけどね」

宮口が言った。

考えてみれば、不自然は不自然だ。染谷たち三人は、何が何でも山形さんを退職させたがっている様子だった。

「そうだな。もしかしたら、山形さんは何か不正を暴《あば》こうとしてたのかもしれない」

街風は言った。

「それは、局内の不正ってことですか？」

「かもしれないし、そうじゃないのかもしれない。とにかく、山形さんは何か知ってはいけない秘密を嗅《か》ぎ当ててしまったんだろう。だから、永久に口を封じられたんじゃないだろうか」

「それに関係があるのかどうかわかりませんけど、山形さんは一年ぐらい前から有給休暇を利用して、関東《う》テレビ《ち》の系列のローカル局にしばしば出かけてたようですよ」

宮口が言った。

「その話、誰から聞いたんだ？」

「編成部にいる同期の安西《あんざい》からです」

「安西隆次《りゅうじ》だね？」

「ええ、そうです。安西は山形さんとたまに飲みに行ってたんで、福岡や金沢の土産物を貰ったことがあるらしいんですよ」

「福岡のネット局は、北九州放送だな」

「そうですね。金沢のほうは北日本テレビです。その二局は、ネット局の中では自主制作番組が多いほうです」

「そうだな」

「山形さん、こっそりネット局でドラマ制作に関わろうとしてたんじゃないのかな？　内職の売り込みに出かけてたとは考えられませんかね？」

「考えられなくはないな。制作部を出されてから、山形さんはドラマを作りたくて、うずうずしてたからね」

「ええ。ただ、実際問題として、キー局の元ドラマ・プロデューサーが覆面でネット局のドラマ制作に携《たずさ》わるのはかなり危《ヤバ》いでしょ？　うちの局は局員のアルバイトは厳禁ですし、ローカル局だって、基本的には同じだと思うんです」

「そうだろうな。北日本テレビにしろ、北九州放送にしろ、そんな危ない思いをしてまでキー局の人間の内職には協力しないだろう。となると、山形さんは別の目的で二つのネット局を訪ねてたにちがいない」

　街風は言った。

「そういうことになりますよね。北日本テレビと北九州放送に何か共通点があるんだろうか。社名に両方とも〝北〟という字がつきますが、それは関係ないでしょうね？」

「ああ、多分な」

「そうか、あれかもしれないぞ！」

　急に宮口が大声をあげた。

「何か思い当たったんだな？」

「ええ。二局とも平成八年からＣＭの間引きをやってたことが今年の春に発覚して、全国紙で叩かれましたよね？」

「ああ。北日本テレビが年間八十本、北九州放送が百本前後のスポットの間引きをしてたんだったな」

「そうです。確かバブル景気でスポット需要が多かったころは、ネット局全体で数千本のCMが間引きされてたんじゃなかったっけ？」

「好景気のころはスポットの提供企業が多くて、枠《わく》以上に受け入れる傾向があったからな。しかし、業界はスポット間引きを反省して、しばらくその種の不祥事はなかった。北日本テレビと北九州放送がルール破りをしたのは、それだけ旨味《うまみ》があるからだろう」

街風は言った。

地方のネット局にとって、地元企業のスポットCMの収入は大きい。一局で年間百二、三十億円の売上高になる。

ネット局は当然、枠一杯にCMを流そうとする。また、枠がなくなっても、つき合いの長い有力企業から泣きつかれたら、無下《むげ》には断れない。その結果、必然的にスポットCMが間引かれることになる。

ちなみにテレビCMには、スポットと番組提供の二種がある。番組提供は、業界ではタイムと呼ばれている。

スポットは十五秒が主体で、番組と番組の間に放映されるステーション・ブレイクと番組内に流されるパーティシペーティングの二種類に分けられる。

タイムのスポンサーがついた場合は、他社のパーティシペーティングは入れられない。スポットの料金は時間帯によって、Aタイム、特Bタイム、Bタイム、Cタイムとランクづけられている。夜七時から十一時までがAランクだ。

スポンサーはAランクだけを買い漁《あさ》るということはできない。各ランクを組み合わせて、セット買いしなければならないのである。

スポットCMの枠取り担当の責任者は、スポット・デスクと呼ばれている。

かつてスポット業務は、鉛筆と消しゴムを使った手作業で進められていた。調整に次ぐ調整で、作業に時間がかかった。

現在はコンピューターが導入され、五、六人のスタッフで管理している。

スポット・デスクはCMが放送されたことを〝放送通知書〟で、広告代理店に伝えなければならない。

首都圏に本社を置く企業はローカル局にスポット発注しても、ふつうは東京で放映を確認できない。そのため、各広告代理店はローカル局から放送通知書を取り寄せているわけだ。

バブル景気のころの間引き事件を機に、民放連は放送通知書を〝放送確認書〟という統一名称にした。

この放送確認書は、コンピューターの放送データから自動的にプリントされるシステムになっている。しかし、放送前の番組進行表などを基《もと》にしているローカル局も少なくない。つまり、この放送確認書だけではスポットが確実に放映されたかどうかはわからないわけだ。それがＣＭ間引きの盲点になっている。

もちろん、ＣＭのチェック機関はある。東京、名古屋、大阪地区に関しては、ビデオリサーチという調査会社が実際にモニターして、ＣＭを一日中チェックしている。

しかし、それ以外の地区はノー・チェックに近い状態だ。そんなことで、広告代理店もスポンサーもローカル局の放送確認書を信じるほかないのである。

「キー局の関東テレビの誰かが、ローカル局のスポット間引き事件に関与でもしてたんですかね？」

宮口が言った。

「それは考えられないと思うがな。ローカル局、広告代理店、スポンサーが一本のビジネス・ラインでつながってて、キー局の入り込む余地はないからな」

「そうか、そうですよね。いったい山形さんは、なんだってローカル局に出かけたんでしょう？それが謎ですね」

「そうだな」

「街風さん、こうは考えられませんか？　関東テレビはＣＭの間引き騒動でキー局のイメージを汚した北日本テレビと北九州放送の二つのネット局を切り捨てる気になって、何か荒っぽい手段をとった。それを山形さんが何らかの方法で知って、陰謀の全貌を暴《あば》こうとした」

「一応、ストーリーにはなってるな。しかし、ネット局を切り捨てることに、どれだけの意味がある?」

街風は問いかけた。

「現在、地上波テレビが約九十パーセントのシェアを維持してますが、衛星放送《CS》やケーブル《CA》・テレビ《TV》などニューメディアのシェア率が伸びることは、ほぼ確実です」

「そうだな」

「衛星放送による配信がもっと多くなれば、必ずしも系列ネットワークは必要ではなくなります」

「それどころか、お荷物になりかねない」

「ええ、そうですね。ローカル局に分配してる電波料は、ばかになりませんから。これからは、キー局にとってネット局は少ないほうがいいわけです」

「各民放局は数年後には、もっと地域を拡《ひろ》げたブロック単位での再編・統合を迫られるかもしれないな」

「多分、そういう流れになるでしょうね」

「関東テレビ《うち》が北日本テレビと北九州放送の二ネット局潰《つぶ》しを画策してたとしたら、七年前からのCM間引きは、逆に仕組まれた事件なのかもしれないぞ」

「それ、考えられますよ。山形さんは、会社が汚い手で旨味のないネット局を潰そうとした事実を押さえようとしたんじゃないのかな？」

宮口が呟《つぶや》くように言った。

そのとき、街風の懐《ふところ》でポケットフォンが着信音を発しはじめた。

「ぼく、通夜の席に戻ります。このつづきはまた……」

宮口がそう言って、山形邸に駆け戻っていった。

街風は歩きながら、携帯電話を耳に当てた。電話の主は江森だった。

「山形さんのこと、当然、知ってるよな？」

「ああ」

「ショックだったろう？　おまえが悲しみにくれてると思って、わざと声をかけなかったんだ。ところで、一緒に通夜に行かないか」

「実は、いま八王子の山形さんの自宅のそばにいるんだよ。ついさっき、奥さんに焼香を断られたとこなんだ」

街風は経緯《いきさつ》を手短に話した。

「奥さんは、おまえの裏切りで山形さんが発作的に死を選んだと思い込んでるんだな？」

「そうなんだろう。しかし、山形さんは他殺かもしれないんだ」

「なんだって!?」

江森が驚きの声を洩らした。

街風は、山形の背に鬱血の痕があったことを話した。

「報道部の湧井がそう言ってるんだったら、おそらく山形さんは駅のホームから線路に突き落とされたんだろう」

「ああ、間違いないと思うよ」

「おっと、大事なことを言い忘れてた。三日前の夕方、ライブラリー室の前で荻真人と山形さんが烈《はげ》しく口論してたって話を聞いたんだ。おれの番組のADの坊やが、二人が言い争ってるとこを見たんだってさ」

「そうか。喧嘩の原因は何だったんだろう?」

「どうも荻の奴がライブラリー室から飛び出してきて、山形さんにまともにぶつかったようだな。そのときの荻の謝り方に山形さんが腹を立てて、大声で詰《なじ》ったみたいだぜ」

「そんなことがあったのか」

「ひょっとしたら、荻がそのときのことで腹の虫がおさまらなくなって、山形さんを駅のホームから……」

「荻は山形さんを嫌ってたが、いくら何でもそんなことで人殺しまではやらないだろう?」

「わからないぜ。ああいうタイプの男は肚《はら》の中で何を考えてるかわからないとこがあるからな。少し奴の身辺を探ってみろよ。それじゃ、おれはこれから通夜に顔を出すことにする」

江森が先に電話を切った。

街風は携帯電話を上着の内ポケットにしまい、足を速めた。

江森が言ったように、荻が山形をホームから線路に突き落としたのか。そうとは思えないが、二人が烈しく言い争っていたという話は気になる。

（奥寺留衣の部屋に仕掛けた盗聴器の録音テープを聴きに行くついでに、彼女に荻の様子を訊いてみてもいいな）

街風はジャガーに駆け寄り、慌ただしく運転席に乗り込んだ。

ほどなく車を発進させ、中央高速道の八王子ＩＣ《インターチェンジ》に向かった。

3

テープを巻き戻した。

街風は自動録音機の再生ボタンを押し込んだ。車の中だった。

ジャガーは、『神楽坂ハイツ』の斜め前に停めてあった。三階にある留衣の部屋には電灯が点いている。

自動録音機から、音声が流れはじめた。

しばらく生活音がつづき、部屋のインターフォンが響いた。来訪者は、荻真人ではなかった。

雑誌社の女性編集者だった。留衣のエッセイ原稿を取りに来たのである。

留衣は原稿を相手に渡すと、来年は連続ドラマの仕事で忙しくなりそうだと話しはじめた。いささか得意気だった。

女性編集者は話を聞き終えると、テレビ・ドラマの制作現場を題材にしたエッセイを連載で書いてみないかと言い出した。

留衣は少し興味を示したが、もう一本連続ドラマの仕事が入る予定になっていることを告げ、その場で辞退した。エッセイよりも、シナリオの仕事のほうが大切だと考えたのだろう。

女性編集者は諦《あきら》め、やがて暇《いとま》を告げた。

その後は友人らしい人物から電話がかかってきただけで、荻の声はまったく録音されていなかった。

街風は、ふたたびテープを巻き戻した。

そのとき、見覚えのあるアリストが横を通過していった。ステアリングを操《あやつ》っているのは、荻真人だった。

(顔を見られるのは、まずいな)

街風は助手席に身を伏せた。

アリストがミニ・マンションの少し先に停まった。荻はすぐに車を降り、『神楽坂ハイツ』の方に戻ってきた。階段を駆け上がり、三〇一号室のインターフォンを鳴らした。

ややあって、ドアが開けられた。

荻が室内に消え、ドアが閉ざされた。

街風は上体を起こし、車を十メートルほどバックさせた。助手席に置いてある自動録音機を掴み上げ、音声受信スイッチを入れた。

ほとんど同時に、荻と留衣の会話が響いてきた。感度は悪くない。二人は居間にいるのだろう。

「関東テレビの山形さんが亡くなったわね。わたし、びっくりしちゃった。きょうが通夜なのかしら？」

「ああ、そうらしいよ」

「荻さん、通夜に顔を出さなくてもいいの？」

「山形とは反《そ》りが合わなかったからな。告別式にも出る気はないね」

「そう。でも、山形さんのドラマはどれもよかったわ。特に弱者に注《そそ》ぐ眼差しが温かくて、厭味《いやみ》のないハートフルなドラマに仕上がってた」

「山形のセンスは、もう古いよ。あの男が手がけた作品を誉《ほ》めるようじゃ、きみのセンスもズレはじめてるね。連ドラの脚本をピンで任《まか》せるのは、ちょっと不安になってきたな」

荻の声だ。

「そんなこと言わないでよ。山形さんが手がけたドラマを高く評価してることは事実だけど、わたしは自分の感性で勝負するわ」

「そう願いたいね。おれは、山形節《ぶし》を認めてないんだ。彼のドラマは所詮《しょせん》、山本周五郎《やまもとしゅうごろう》や藤沢周平《ふじさわしゅうへい》の作品世界を現代版に仕立て直しただけさ。確かにレベルは低くないが、新鮮さがないんだよ」

「その点は、そうね」

「山形が目をかけてた街風にも、似たようなとこがある。あいつは現代的な題材を巧《たく》みに織り込んで高視聴率を稼いでるが、人間観察が甘いよ。もっと現代人が秘めてる毒や悪意を抉《えぐ》らなきゃ、上質なドラマとは言えない」

「そうかしら？　わたしは、街風さんのドラマもいいと思うけどな」

「おまえさんは一度、奴の単発ドラマの脚本《ホン》を書いたことがあったんだな。そのとき、あいつと寝たんだろう？」

「変なこと言わないでよ。わたしが性的にルーズだっていう噂が流れてるようだけど、誰とでも寝てるわけじゃないわ」

「ほんとかね？」

「荻さんにそんなふうな言い方されると、わたし、悲しくなっちゃうわ」

留衣が拗《す》ねた口調で言った。

話が中断した。

（荻の野郎、言いたいことを言いやがって）

街風はラーク・マイルドをくわえた。

「ちょっとからかっただけじゃないか。そんな顔するなよ」

「だって……」

「拗《す》ねた顔もいいな」

「こんなときに、ふざけないで」

「ほんとだよ。心配するなって、連ドラの仕事は必ず回す。それから、破格の脚本料を払うよ」

「破格って、どのくらいの脚本料を貰えるの？」

「一回分百八十万は保証する」

「うわーっ、最高！　超人気シナリオ・ライター並じゃないの」

「ああ。その代わりといっては何だけどさ、おれに二割のキックバックを払ってほしいんだ。一回だけじゃなく、毎回ね」

「いいわよ、そのくらいのピンハネは」

「悪いな。若い局員や制作プロの連中に飲み喰いさせないと、何かと仕事がやりにくくなるんだ。もちろん、会社の接待費も遣えるんだが、月に百万も二百万も遣えるわけじゃないからな」

「キックバックの件はオーケーよ。それはそうと、来年、街風さんが編成部に異動になりそうだって言ってたけど、その話はどうなったの？」

「間違いなく、そうなると思うよ。あいつが制作部にいると、おれは何かとやりにくいからね。だから、染谷常務に街風を編成部に飛ばしてくれって頼んであるんだ」

「そうなったら、街風さんは関東テレビを辞《や》めるかもしれないわね。彼は入社以来、ずっとドラマ制作に関わってきたわけだから」

「正式な辞令が下りたら、おそらく奴は辞表を書くことになるだろう。早く退職してもらいたいよ。街風は高視聴率を稼いでるからって、でっかい面《つら》してるからね」

「天狗《てんぐ》になるような男性《ひと》じゃないと思うけどな」

「妙に街風の肩を持つな。ひょっとしたら、あいつと別の局で一緒に仕事をすることにでもなってるのか？」

「そ、そんなんじゃないわよ」

「焦ってるな。そうか、奴は近いうちに自分がお払い箱になることを知って、いまから手を打ってるわけだ。日東テレビあたりに移る気なんだろうか。おまえさん、知ってるんだろう？」

「知るわけないじゃないの。街風さんとは、もう何年も会ってないのよ」

「どうだかな」

「いやね、何を疑ってるのよっ」

「ま、いいさ。そっちはフリーの脚本家なんだから、どの局で誰と組もうが文句はつけられないからな」

「なんか含みのある言い方ね。はっきり言っとくけど、わたし、二股なんか掛けてないわよ。荻さんの新シリーズのことしか頭にないわ」

「街風、いや、もっと大勢のプロデューサーに同じことを言ってたりしてな」

「冗談でも、そんなこと言わないで。わたし、荻さんの連ドラに脚本家生命を賭《か》けるつもりなんだから」

「嘘でも、嬉《うれ》しいお言葉だね」

「まだ、そんなこと言ってる。怒るわよ」

「悪かった。機嫌を直してくれないか」

「いいわ、赦《ゆる》してあげる」

二人は笑い合った。

（ちぇっ、いい気なもんだ）

街風は煙草の火を消しながら、心の中で毒づいた。

「おれにとっても、復帰第一号の仕事になるわけだから、何がなんでも成功させたいんだ」

「二人で組んで、いい仕事をしましょうよ」

「そうだな。それには、おれたち、もっともっと親密にならなきゃな」

「わたしをベッドに誘ってるのね？」

「そういうことなんだが、一回や二回のセックスを要求してるんじゃないんだ。連ドラの収録が終わるまで、おれのセカンド・ワイフになってくれないか？」

「ええっ」

「その間は、おれ以外の男と二人っきりで飲みに行くことも、もちろんセックスも許可しない。それから、おれがここに泊まるときは食事や洗濯も頼みたいんだ」

「そんなふうに束縛されるのは、わたし、困るなあ。ずっと気ままなシングル暮らしだったから、四六時中、そばに男性がいたら、息が詰まっちゃう」

「そうか。なら、別の女流脚本家を探すことにするよ」

「荻さん、それはないでしょ。昨夜、わたしはあなたに……」

「セカンド・ワイフになってくれるな？」

「少し考えさせて」

「それは駄目だ。即答してくれ」

「まいったなあ」

「連ドラの仕事、欲しくないのか？」

「それは欲しいわよ。再起のチャンスだもの」

「だったら、別に迷うことはないじゃないか。そうだろう？」

「わたしの負けね。いいわ、あなたのセカンド・ワイフになる」

「よし、話は決まりだ。それじゃ、シャワーを浴びてきてよ」

「きょうもわたしを抱く気なの!?」

「亭主の言うこと、聞けないのかっ」

「さっそく旦那気取りね」

「ぶつくさ言ってないで、早く体を洗ってこいよ。そうしたら、たっぷり舐《な》めてやる。ベッドで待ってるぞ」

荻が立ち上がる物音が伝わってきた。留衣もソファから腰を浮かせた。

（なんてあくどい野郎なんだ。この録音テープを使って、荻を痛めつけてやろう）

街風は、また煙草に火を点けた。

いつの間にか、九時を過ぎていた。十五分ほど経ったころ、留衣の淫《みだ》らな呻《うめ》き声がかすかに洩れてきた。

室内盗聴器を仕掛けた場所から、寝室はそう離れていない。せいぜい三メートル前後だろう。しかし、情事の気配はそれほど生々《なまなま》しくは伝わってこない。時々、留衣のなまめかしい声とベッドの軋《きし》み音が響いてくる程度だ。おおかた寝室のドアが閉まっているのだろう。

街風は自動録音機の音声スイッチだけを切って、シートに深く凭《もた》れかかった。

きのう、留衣を戯《たわむ》れに抱いたことが悔やまれてならない。たとえ彼女が尻軽だとしても、自分も荻と同類項ではないか。自分自身に唾《つば》を吐きかけたいような気分だった。

十分あまり流れたころ、アナウンサーの上松沙也加から電話がかかってきた。

「どうして山形さんの通夜に出なかったの？　山形さんには、いろいろお世話になったんでしょ？」

「早い時刻に山形さんの自宅に行ったんだよ」

「あら、そうだったの。通夜の席に、あなたの顔が見えなかったんで、てっきりまだ顔を出してないと思い込んじゃったのよ。早とちりだったのね。非難するような言い方をしちゃって、ごめんなさい」

「別に気にしちゃいないよ」

　街風は言った。

「通夜の席で報道部の湧井さんと一緒になったんだけど、山形さん、殺された疑いがあるんですってね？」

「そうらしいな。山形さんの背中の鬱血のことは、おれも湧井から聞いたよ」

「そう。誰か犯人の心当たりは？」

「ないんだよ、それが。きみは誰か思い当たるかい？」

「ううん、全然……」

「そうか」

「間違ってたら、ごめんなさい。もしかしたら、街風さんは自分で犯人捜《さが》しをするつもりなんじゃない？　そうだとしたら、そんな危ないことはやめるべきね。殺人事件は、素人探偵の手には負えないわ」

沙也加が言った。

「また、早とちりだな。個人的には、そうしたい気持ちだよ。しかし、そんな大それたことなんか考えるわけないじゃないか」

「その言葉、信じていいのね？」

「もちろんさ」

「ああ、よかった。ひょっとしたら、あなたが通夜の席を抜け出して、探偵の真似事をしてるんじゃないかと思ってたの」

「おれはドラマ・プロデューサーだが、現実と虚構《フィクション》をごっちゃにしたりしないさ」

「そうよね」

「参考までに訊くんだが、局内で山形さんが誰かと揉《も》めてるとこを見たことがあるかい？」

「ううん、一度もないわ。ただ、荻さんが社員食堂で山形さんが近くの席にいるとき、聞こえよがしに『四十五歳になったら、誰もが潔《いさぎよ》くドラマ制作の現場から退《しりぞ》くべきだよ。五十近い元プロデューサーが未練なんか持つもんじゃないね』なんて言ってたわ」

「それは、いつの話だい？」

「ちょうど一ヵ月ぐらい前よ」

「そう。山形さんの反応は？」

「ランチを半分も食べないうちに、逃げるように食堂から出ていったわ。山形さん、かなり傷ついたはずよ」

「だろうな」

「局の人間が山形さんの死に関わってる疑いがあるの？」

「それはないと思うが、江森の情報によると、三日前にライブラリー室の前で山形さんと荻真人が烈しく口論してたらしいんだ」

「そうなの。それで、街風さんは荻さんが駅のホームから山形さんを突き飛ばしたんじゃないかと疑ってるわけ？」

「疑うとこまではいってないんだが、そのことが妙にひっかかってるんだ」

「荻さんは常に損得勘定をしてる男だから、いくら逆上しても、殺人なんかしないと思うな。人殺しがどんなに割の合わない犯罪かってことは、よくわかってるはずよ」

「そうだな。話は飛ぶが、この一年の間に山形さんは有給休暇を使って、ちょくちょくネット局の北日本テレビや北九州放送に出かけてたらしいんだよ。そのことで何か思い当たることはないかな？」

街風はたずねた。

「その話、初めて聞いたわ。ローカル局に何をしに行ってたのかしら？　そのことが事件を解く手がかりになるんだったら、山形さんの遺族に話をうかがってみたら？　あら、いやだ。街風さんに探偵めいたことはしないほうがいいと忠告しておきながら、わたし、矛盾したことを言っちゃったわね」

「そういえば、そうだな」

「遺族から何か手がかりを得られるかもしれないけど、そういうことは警察に任せておいたほうがいいわ」

「そうするよ」

「明日の告別式にも出るわよね？」

沙也加が訊いた。

「そのつもりだよ」

「それじゃ、明日、会いましょう」

「そうだね」

街風は生返事《なま》をして、ポケットフォンの終了キーを押した。

報道部の湧井は、遺族から何か手がかりを得ただろうか。湧井の携帯電話のナンバーは知らなかった。

街風は局の報道部に電話をかけた。名乗って、湧井の携帯電話番号を教えてもらう。

すぐさまタッチ・コール・ボタンを押した。

だが、先方の電源は切られていた。まだ湧井は通夜の席にいるのだろう。未亡人の志乃と話をしている最中なのかもしれない。

街風はポケットフォンを懐に戻し、ラーク・マイルドに火を点けた。

一服し終えたとき、携帯電話が鳴った。ポケットフォンを耳に当てると、妻の春奈が咎《とが》める口調で言った。

「あなたからの連絡をずっと待ってたのよ。山形さんが亡くなられたというのに、どうして電話をくださらなかったの。お世話になった方だから、わたしも通夜にうかがおうと思ってたのに」

「夕方、八王子のお宅に顔を出してきたよ。きみに連絡しようと思いながらも、ばたばたしてたもんだから……」

「さきほど、山形さんのお宅にお悔やみの電話を差し上げたの。下の息子さんが電話口に出たんだけど、妙に応対の仕方が素《そ》っ気《け》なかったのよ」

「父親が死んだんだ。ふだんと同じ応対はできないさ」

街風は内心の狼狽を隠して、努《つと》めて平静に言った。

「取り乱してる様子も感じられたけど、なんだか声に棘《とげ》があったの。あなたと山形さんが気まずくなってたことを息子さん、知ってるような感じだったわ」

「それなら、そのせいなんだろう」

「気のせいかもしれないけど、息子さんの声には憎悪が感じられたのよ。ね、あなた、何か別のことで山形さんのご一家に恨まれてたんじゃない？　山形さんが酔っ払って自宅《うち》まで押しかけてくるなんて、よっぽどのことだわ。あなた、まさか恩を仇《あだ》で返すようなことをしたんじゃないでしょうね？」

　春奈が言いにくそうに問いかけてきた。

「おれがそんなことをする人間に見えるのかっ」

「怒らないで。もちろん、あなたのことはわかってるつもりよ。でも、きのうの山形さんの様子や息子さんの電話の応対のことを考えると、あなたが何か切羽《せっぱ》詰まった事情から恩人に矢を射《い》るようなことをしたのではないかと……」

「断じて、そんなことはしてない。このおれを信じてくれ」

　街風は叫ぶように言って、先に電話を切った。額《ひたい》には、脂汗《あぶらあせ》がにじんでいた。

　脂汗をハンカチで拭い、自動録音機の音声スイッチを入れる。

　情事は終わっていた。荻が浴室に向かう気配がうかがえた。

　あと数十分も待てば、留衣の部屋から荻が姿を見せるかもしれない。

　街風は自動録音機のテープを停め、グローブ・ボックスの中にしまった。荻の車を暗い夜道で立ち往生させ、締め上げる前に録音テープを聴かせるという段取りを頭の中で考えていた。

4

アリストが発進した。

まだ十時前だ。荻は少し疲れた様子だった。

街風は充分な車間距離をとってから、ジャガーを走らせはじめた。

これから荻は、どこかに飲みに行く気なのか。それとも、代々木《よよぎ》の自宅マンションにまっすぐ帰るつもりなのか。

アリストは外堀通りに出て、赤坂見附《みつけ》から青山通りに入った。荻は、どこかに寄る気らしい。

街風は慎重に追尾しつづけた。

アリストは青山三丁目の交差点を左折し、数百メートル先で停まった。バー・ビルの前だった。

通りの反対側は青山霊園だ。街風はアリストの四、五十メートル後方にジャガーを停めた。

車を降りた荻が馴《な》れた足取りでバー・ビルに入っていく。ビル内に馴染《なじ》みの酒場があるのだろう。

街風も外に出た。

夜気は冷たかった。もう間もなく本格的な冬が訪れるのだろう。

バー・ビルの近くまで進んだとき、不意に暗がりから大男が現われた。

剃髪頭《スキン・ヘッド》だ。ひと目で暴力団員とわかった。二十八、九だった。

（目を合わせないようにしよう）

街風はうつむき加減で歩いた。

大男が行く手を阻《はば》んだ。

「あんた、関東テレビの街風直樹だな？」

「そうだが……」

「ちょっと面貸《つら》してもらいてえんだ」

「悪いが、急いでるんだ。通してくれないか」

「何を嗅ぎ回ってるんでえ？」

「え？」

街風は質問の意味がわからなかった。

「なんで荻さんを尾けてんだよ？　そいつを教えてもらおうじゃねえか」

「荻真人に頼まれたんだな？」

「まあな。荻さんは迷惑してんだ」

「きみに話すことは何もない」

「世話を焼かせやがる」

大男が口の端を歪め、小豆色《あずきいろ》のダブル・ブレストの上着の裾に手を滑り込ませた。次の瞬間、匕首《あいくち》を引き抜いた。

抜き身だった。刃渡りは二十数センチだった。

街風は体が竦《すく》んだ。

一刻も早く逃げ出したかった。数歩後ずさった。

「手間は取らせねえよ」

「話すことはない」

「それじゃ、仕方ねえな」

頭をつるつるに剃《そ》り込んだ大男が、刃物を斜めに構えた。イルミネーションの淡い光が、波の形をした刃文《はもん》を浮かび上がらせた。

刀身はわずかに蒼《あお》みがかっていた。

匕首で腸《はらわた》を抉られるシーンが脳裏を掠《かす》めた。戦慄《せんりつ》が背中に貼りついた。刃物で威嚇《いかく》されたのは、生まれて初めてだった。

「ぶ、ぶ、物騒な物はしまってくれ。会社の荻が何を言ったか知らないが、こんなことをされる覚えはない」

「荻さんの何を探ってやがるんだ？」

大男が言いながら、前に踏み出してきた。

（逃げるなら、いましかない）

街風は身を翻《ひるがえ》そうとした。

だが、遅かった。後ろから、何者かに腰を蹴られた。

街風は前にのめって、大男に抱きつく恰好になった。体を離そうとしたとき、大男に股間を蹴られた。膝《ひざ》蹴りだった。

まともに睾丸《こうがん》を蹴られた。一瞬、気が遠くなった。息も詰まった。

街風は唸《うな》りながら、その場にしゃがみ込んだ。ほとんど同時に、背後から手刀《しゅとう》打ちを見舞われた。

街風は這いつくばった。

後ろには、二十五、六の細身の男がいた。やはり、堅気には見えない。顎が尖っていた。

街風は細身の男に後ろ襟《えり》を摑まれ、荒っぽく引き起こされた。

すかさず大男が街風の脇腹に、短刀の切っ先を突きつけた。足許から、恐怖が這い上がってきた。

「逃げようとしたら、ぶっ刺すぜ。歩きな」

大男が凄んだ。

街風は怯えに取り憑《つ》かれた。逃げる気は失せていた。

二人の男に挟《はさ》まれる形で、街風は車道を横切らされた。目で人の姿を探したが、近くには誰もいなかった。

街風は青山霊園の中に連れ込まれた。

墓石が整然と並んでいるだけで、人影は見当たらない。霊園内には、車が通り抜けられる通りがある。

その通りには、夜間でも若いカップルたちの車がよく駐《と》まっている。カー・セックスをしている男女もいるようだ。

しかし、その通りはだいぶ先だ。ここで大声で救いを求めても、誰の耳にも届かないだろう。

「このへんでいいだろう」

大男が低く言い、足を止めた。墓石と墓石の間にある通路だった。幅は二メートル弱だろう。

「おっさん、荻さんの身辺を二度とうろつくんじゃねえぞ」

大男が言うなり、肘《ひじ》打ちを浴びせてきた。

街風は肋骨《ろっこつ》にエルボーを受け、腰を屈めた。細身の若い男が街風の肩に両手をかけた。

数秒後、街風は頭突きを喰らっていた。

狙《ねら》われたのは眉間《みけん》だった。鼻の奥が、しーんと冷えた。引き攣《つ》れるような感じもあった。

頽《くずお》れたとき、鼻血が垂れてきた。血の雫《しずく》は口の中にも流れ込んできた。

「くそっ」

街風は細身の男の両脚にタックルし、素早く立ち上がった。

尻餅《しりもち》をついた若い男の腹を蹴った。靴の先は深く埋まった。相手が長く唸った。

街風は逃げる気になった。

だが、走り出す前に大男の横蹴りを受けていた。強烈な蹴りだった。

街風は横に吹っ飛び、墓の囲い石に顔面をぶつけた。石の角で、頬《ほお》の皮が擦《す》り剝《む》けてしまった。

「おっさん、元気がいいじゃねえかよ」

剃髪頭《スキン・ヘッド》の大男が屈み込み、街風の首筋に寝かせた匕首を寄り添わせた。

ひんやりとした。その冷たさが興奮を鎮《しず》めた。

今度逆《さか》らったら、刺されるかもしれない。そう思うと、たちまち戦意が萎《な》えた。

「もう少し汗をかくかい？」

「いや、もうたくさんだ」

「そうかい。けど、おっさん、たいしたもんだぜ。堅気で、おれたちに歯向かえる奴なんて、まずいねえからな」

「………」

「サラリーマンでも捨て身になれる野郎がいるんだな。いい勉強させてもらったよ」

「さっきは逃げたい一心で、無意識に反撃してしまったんだ」

街風は、つい弁解してしまった。理不尽《りふじん》な暴力を受けたにもかかわらず、怒りを露《あらわ》にできない自分がひどく腑甲斐《ふがい》なく思えた。

相手におもねるような言い方をしてしまったのは、なぜなのか。

死にもの狂いで二人の暴漢と殴り合えば、下手《へた》をすると、匕首で刺し殺されるだろう。

妻子のことが頭を掠めたのは嘘ではない。しかし、家族のことだけを考えて屈したわけではなかった。

やくざ者に脅しをかけられた。それだけで、体が萎縮《いしゆく》してしまった。刃物の恐怖も大きかった。そんな自分が情けなかった。

「おい、借りを返してやれや」

大男が、起き上がった仲間をけしかけた。

細身の男が心得顔で近づいてきた。大男は街風から離れ、近くの墓の囲い石に腰かけた。

「もう勘弁してくれよ」

街風は、どちらにともなく言った。

そのとき、細身の男の前蹴りが街風の脇腹に入った。蹴られた瞬間、内臓が熱く灼《や》けた。むせそうにもなった。

細身の男の片方の脚が躍《おど》った。

街風は横に転がった。だが、蹴りは躱《かわ》せなかった。腰をしたたかに蹴られた。

「たっぷり礼をさせてもらうぜ」

若い男は執拗《しつよう》に足を飛ばした。

街風は肩、胸、腹、腰、股間、腿《もも》、臑《すね》を数度ずつ蹴られた。相手は、決して顔面は蹴らなかった。

暴力団組員の多くは誰かを痛めつける際、顔面や腕など露出している部分を傷つけたりしない。

相手の顔が脹《は》れ上がったら、どうしても人目についてしまうからだ。その結果、警察に追われることになる。

街風は、砂袋のように蹴られた。

しかし、まったく抵抗しなかった。というよりも、反撃する勇気が湧《わ》いてこなかったのである。

両腕で顔面と喉笛《のどぶえ》をかばい、四肢《しし》を縮《ちぢ》めて耐え抜いた。

「今度、荻さんに近づいたら、殺《や》っちまうぜ」

大男が言い捨て、細身の仲間と歩み去った。

街風は、すぐにも起き上がりたかった。

だが、立ち上がれない。体を少し動かしただけで、蹴られた箇所に痛みが走った。

街風は十分ほどしてから、ようやく身を起こした。服は血と泥で汚れていた。

囲い石を伝いながら、通りまで引き返す。

アリストは見当たらなかった。荻は二人の暴漢と一緒に消えたのだろうか。

街風は片足を引きずりながら、車道に降りた。ふつうには歩けない。病《や》み上がりの老人のように、ゆっくりと摺足《すりあし》で進んだ。

車道を渡りきるまで、何台もの車にクラクションを鳴らされた。やっとの思いで、ジャガーの運転席に入った。

シートをいっぱいに倒し、街風は深く凭《もた》れかかった。呼吸をするたびに、体のあちこちが痛んだ。打撲傷は熱をもちはじめていた。

すぐには車の運転はできそうもない。

ふと頭の隅《すみ》に、沙也加の顔が浮かんだ。彼女の自宅マンションは西麻布《にしあざぶ》にある。タクシーで、ワン・メーターの距離だ。

できることなら、沙也加の部屋で顔や服に付着した鼻血を洗い落としたかった。早く打ち身を濡れタオルで冷やしたい。

街風はさんざん迷ったが、沙也加には電話をかけなかった。

彼女に個人的なことで迷惑をかけたくなかったし、いろいろ詮索《せんさく》されたくなかったからだ。痛みが少し薄れたら、用賀の自宅に帰ることに決めた。

街風は、荻真人が二人の暴漢を差し向けた理由を考えはじめた。

荻は何を暴《あば》かれたくないのか。乱れた女性関係を知られたくないのだろうか。そうではなく、制作部に復帰するために常務に接近し、根回ししたことを隠そうとしているのか。

あるいは、山形を駅のホームから突き落としたのは荻だったのか。

いずれにしても、荻は当分の間、二人のやくざに身辺をガードさせる気になっているにちがいない。丸腰で迂闊《うかつ》に近づいたら、今度こそ大怪我《おおけが》をさせられるだろう。

（学生時代にパワー空手か、キック・ボクシングでも習っとくべきだったな）

街風は本気で、そう思った。

何か格闘技を身につけていたら、やくざもそれほど怖《こわ》くないだろう。刃物で脅されたぐらいでは別段、怯えもしないのではないか。

といって、短い間に何か格闘技をマスターすることはできない。

暴漢と同じように刃物を懐に忍ばせたところで、それで相手を刺すだけの度胸もない。

高圧電流銃《スタン・ガン》を使うにしても、暴漢に組みついて電極棒を押し当てられる自信はなかった。

第一、刃物を持ったアウトローに近づくのは危険すぎる。間合《まあ》いを詰めずに、相手を一撃で倒す方法はないものか。

狩猟用の強力パチンコで、鋼鉄球を飛ばす手があった。

しかし、百発百中の腕になるまでには長い年月がかかりそうだ。しかも、連続して球を飛ばすことは難しい。

次の鋼鉄球をこめて、強力ゴムを耳の横まで引き絞るには数十秒が必要だろう。狙いを定める時間もいる。

吹き矢《ブロウ・ガン》も洋弓銃《クロスボウ》も的《まと》を射《い》抜けるようになるまで、訓練に訓練を重ねなければならないだろう。

そこまで考えたとき、街風は釣具を使って一種のスナッピング・ブラックジャックを作ることを思いついた。キャスティングには、いささか自信がある。

ルアーフィッシングの要領で、特大の錘《おもり》や各種のルアーを飛ばすことは可能だ。超小型電動リールを使えば、ラインの巻き揚《あ》げにもたいして時間はかからない。

短い釣竿《ロッド》でも、三、四十号までの錘は投げられるだろう。鉤《はり》は、どんなものでも飛ばせる。太刀魚《たちうお》鉤やボラ掛けを使ってもいい。

ロッドが五、六十センチなら、上着の下にたすき掛けにしておくこともできるだろう。仕掛けの異《こと》なるロッドを二本用意しておけば、暴漢を蹴散らすことはできそうだ。

使いようによっては、リンチ道具にもなる。自宅の書斎の隅には、釣具専用のロッカーがあった。

(よし、さっそく自家製の護身具をこしらえよう)

街風は静かに上体を起こし、イグニッション・キーを回した。

ジャガーのエンジンが吼《ほ》えた。街風は車を走らせはじめた。

打ち身の疼《うず》きに耐えながら、青山通りに向かった。青山通りをたどって、そのまま玉川通りに入る。用賀までは、道なりに走ればいい。

二十数分で、わが家に着いた。

車をガレージに入れ、街風は合鍵で玄関のロックを解いた。

玄関ホールと階段の照明は灯《とも》っていたが、居間とダイニング・キッチンは暗かった。玄関ホールに接した和室の襖《ふすま》も閉ざされていた。

街風は洗面室に入り、最初に顔と手を洗った。

上着を脱いで、血に染まった部分を揉《も》み洗いしはじめた。そのとき、背後で車椅子の低いモーター音がした。

「ただいま」

「何かあったの!?」

春奈が驚きの声を洩らした。

「ちょっと酔っ払って、道で転んだんだ」

「嘘だわ、それは。あなた、何があったんです？」

「実は、オヤジ狩りに遭《あ》ったんだよ」

街風は言い繕《つくろ》った。

「どこで？」

「渋谷のセンター街の横でだよ。局の若い連中と山形さんを偲《しの》んで飲んだ帰りにね」

「どうしてそんなことになったの？」

「連れの若い奴が路上で爆竹を鳴らしてる少女たちに注意したら、その仲間の男の子たちが五人も一斉《いっせい》に殴りかかってきたんだよ。こっちは三人だったんだ。路上で大人が子供を相手に殴り合うわけにはいかないんで、われわれは連中の興奮が鎮《しず》まるまで我慢してたんだよ」

「ほかの二人も、あなたと同じように殴られたり蹴られたりしたの？」

「ああ。でも、おれがいちばんやられちゃったんだ」

「それで、警察には？」

「交番には駆け込まなかったよ、みっともないからな」

「そういう少年たちは少し懲《こ》らしめてやればよかったのに」

「しかし、相手は十六、七の子供だからな。それより、冷湿布があったろ？　蹴られたとこが少し痛むんだ」

「いま、持ってくるわ」

春奈が車椅子の向きを変えた。

（嘘をつき通さなければな）

街風はベルトを緩《ゆる》め、着ているものを脱ぎはじめた。

第四章　沈黙の逆襲

1

少女の悲鳴が高く響いた。

なんと娘の静香の声だった。声は、背後の河原から聞こえた。

街風はヘラ竿《ざお》をほうり出し、小さな折り畳み式の椅子から立ち上がった。

多摩川《たまがわ》橋の袂《たもと》だった。東京側の川辺である。

日曜日の午後四時過ぎだった。打撲の痛みは消えていた。

河川敷《かせんしき》で二つの影が縺《もつ》れ合っていた。

娘と先夜の二人組の片割れだ。顎《あご》の尖《とが》った細身のほうだった。男は静香を横抱きにしかけていた。静香が泣き喚《わめ》きはじめた。

男は、娘を引っさらうつもりらしい。

街風は足許《あしもと》の小物入れ《タックル・ケース》から、三十号のナス型錘《おもり》を摑《つか》み上げた。ケースの中にある錘の中で最も重かった。

細身の男は静香を小脇に抱え、土手道の斜面に向かって走っている。

あたりには、夕闇が漂《ただよ》いはじめていた。近くに人の姿はなかった。

街風は全力疾走した。距離が十メートル前後まで縮《ちぢ》まったとき、足を止めた。

男は斜面を登りかけていた。

街風はモーションをつけて、三十号の錘を投げつけた。うまい具合に、錘は顎の尖った若い男の後頭部に命中した。

男が呻《うめ》き、反射的に静香から手を離した。静香は土手の斜面に落下し、横向きに転がり落ちてきた。

男が片手で頭を押さえながら、大きく振り返った。

街風は拳大《こぶしだい》の石を幾《いく》つか拾い上げ、男に投げつけた。すると、男は土手道まで一気に駆け上がった。

街風は愛娘《まなむすめ》に走り寄って、すぐに抱き上げた。

静香が全身で抱きつき、激しく泣きじゃくりはじめた。

街風は静香を強く抱きしめながら、土手道を仰《あお》いだ。ちょうどそのとき、黒いワンボックス・カーが急発進した。

ステアリングを操《あやつ》っているのは、剃髪頭《スキン・ヘッド》の大男なのか。細身の男は、荻に頼まれて静香を拉《ら》致《ち》するつもりだったのだろう。

街風は青山霊園で暴漢に痛めつけられた翌日から、出社していなかった。

自分は足を引きずりながらでも、出勤する気でいた。しかし、妻に大事をとってほしいと強く言われ、欠勤したのだった。

それでも街風はタクシーを使って、山形の告別式には顔を出した。といっても、霊柩車《れいきゅうしゃ》を遠くで見送ったにすぎない。

できれば出棺前に、故人に直《じか》に別れを告げたかった。しかし、未亡人の志乃や遺児たちの神経を逆撫《さかな》でするような気がして、山形邸に足を踏み入れることを控えたのである。

街風は、ずっと人目のつかない場所に立っていた。葬儀には江森、宮口、沙也加などが列席していたが、誰も街風には気づかなかった。

静香の嗚咽《おえつ》が熄《や》んだ。

「怖い思いをさせて、ごめんな」

「お父さんが悪いんじゃないよ。わたし、何も言わないで離れちゃったから」

「いや、お父さんがいけなかった。つい釣りに熱中しちゃって、静香がいなくなったことに気がつかなかったんだよ。やっぱり、悪いのはお父さんさ」

「もういいよ。わたし、さらわれなかったんだから」

「逃げていった奴、いきなり静香を抱き上げたんだね？」

街風は問いかけた。

「うん、そう。最初はわたし、お父さんかと思っちゃった。あの男の人、誰なの？」

「それがわからないんだ」

「わたし、お金持ちの子供と思われたんじゃない？　お父さん、外車に乗ってるから」

「外車といっても、ポンコツだよ。値段は国産の中古車と変わらなかったんだ」

「それじゃ、お金持ちとは思われないかな？」

「多分ね」

「わたし、下に降りる」

静香が言った。街風は娘を河川敷に立たせた。

「お父さんに、釣りに連れてってなんて言わなきゃよかった。鯉《こい》が一匹釣れただけだったし、おっかないこともあったしね」

「でも、静香と一緒に休日を過ごせたことはよかったよ。お母さんが作ってくれたサンドイッチもうまかったしな」

「うん、おいしかったね」

「そろそろ家に帰るか」

二人は川縁《かわべり》に戻った。

街風は納竿《のうかん》し、釣った三十センチ近い鯉を川にリリースした。ジャガーは土手のスロープのそばに駐《と》めてある。

街風は車に乗り込む前に、ざっと点検した。

タイヤのエアは抜かれていない。ブレーキ・オイルも洩《も》れていなかった。

街風はトランク・ルームに釣具を入れ、先に車に乗り込んだ。おかしな細工を施《ほどこ》された様子はなかった。

静香を助手席に坐らせ、車首の向きを変える。スロープを登り、土手道に上がった。

怪《あや》しいワンボックス・カーは、どこにも見当たらなかった。

しかし、どこかに暴漢が潜《ひそ》んでいるかもしれない。街風はドア・ミラーとルーム・ミラーを交互に見ながら、慎重に車を進めた。

用賀の自宅までは、十数分しかかからなかった。家の少し先に、薄茶のローレルが駐まっていた。

その車のそばには、三十歳前後の小太りの男が立っていた。帝都探偵社の菊村進かもしれない。

女探偵の伊波千秋からは、まだなんの連絡もなかった。ダブル・スパイめいたことはしたくないのか。あるいは、約束通りに染谷常務たち三人の私生活を調査中なのだろうか。

車をガレージに納《おさ》めると、静香が先に家の中に入っていった。街風は釣竿を水洗いしてから、家に入った。

ダイニング・キッチンを覗《のぞ》くと、静香が河川敷での出来事を春奈に話していた。話し終えると、娘は居間のテレビでアニメ番組を観《み》はじめた。

春奈は寄せ鍋の仕度をしていた。

「静香の言ってたことは、ほんとうなの？」

「ああ。怖い思いをさせてしまったよ。おそらく逃げた奴は、ロリコン男なんだろう」

「そうじゃないんじゃない？」

「どういう意味なんだ？」

「男の狙《ねら》いは、あなただったんじゃないのかしら？」

「逃げた奴はホモだってことか？」

「そういう意味じゃないわ。男はあなたに何か含むものがあって、静香を誘拐《ゆうかい》しようとしたんじゃない？」

「それは考えられないよ」

街風は強く否定した。自分でも、不自然と感じるほどの強い言い方だった。

「そう」

「なぜ、おれ絡《がら》みの誘拐未遂だったと思ったんだい？」

「最近、あなたの様子が変だからよ」

「どこが変なんだ？」

「わたしに山形さんの告別式に出る必要はないと言ったり、怪我《けが》をして帰ってきたり」

「それについては、ちゃんと説明したじゃないか」

「ええ、確かに聞いたわ。車椅子で告別式に参列したら、かえって先方さんに迷惑をかけるってことだったわね？」

「ああ」

「ふだんのあなただったら、そんなことは言わなかったと思うの。それから、山形さんの通夜のあった晩、渋谷でオヤジ狩りに遭《あ》ったと言ってたわよね？　その話もすんなり信じられなかったわ」

「おれがどうして嘘をつかなきゃならないんだ？」

「それは多分、わたしに余計な心配をかけたくなかったからでしょうね。あなた、会社で何か窮《きゅう》地《ち》に追い込まれてるんでしょ？」

春奈が探りを入れてきた。

「別に何も困ったことは起きてないよ。山形さんと少し気まずくなったまま、永遠に別れることになってしまったがね」

「その山形さんのことなんだけど、もしかしたら、あなたが辞表を書かせるよう仕向けたんじゃない？」

「何を言ってるんだっ。たとえ意見の喰い違いがあっても、おれが恩のある山形さんを退職に追い込むはずないじゃないか。山形さんは自主的に早期退職したんだ」

「ほんとに、ほんとなのね？」

「くどいぞ」

「それなら、いいの。あなたがたったひとりで、何か重いものを背負おうとしてるように思えたんで……」

「別に重いものなんか背負ってないさ。連ドラはスケジュール通り来月中に最終回を撮《と》れば、無事にクランク・アップになるし、来年の新シリーズの準備も着々と進んでるんだ。何も問題なんかない」

「そう。何か悩むような問題にぶつかったら、必ず打ち明けてくださいね。たとえ何があっても、わたしは生涯、あなたの味方よ。そのことを忘れないでね」

「ありがとう。しかし、きみが言うようなことは絶対にないから、安心してくれ」

街風は妻に言い、居間のソファに坐った。静香のすぐ横だった。

「このアニメ、すっごく人気があるんだよ。お父さんの会社でも、このアニメをやればいいのに」

「アニメには著作権や放映権というのがあってね、人気があるからといって、テレビ局が勝手には流せないんだよ」

「ふうん。別のアニメでもいいから、いつかお父さんのとこでもやって。大人向けのドラマって、よくわかんないんだもん」

静香が言って、また画面に見入った。

街風は朝刊の読み残しの記事に目を通し、さらにチラシ広告も見た。ドラマ・プロデューサーにとって、求人広告やスーパー・マーケットのチラシ広告を見ることは大切な仕事だった。

トレンディ・ドラマ全盛期は、リアリティのないドラマが氾濫《はんらん》していた。月収二十万円そこそこの平凡なOLが超高級マンションに住み、輸入家具を使い、休日にはスポーツ・カーを駆ってリゾート地に遊びに出かける。また、なぜかブランド物で身を飾り、海外旅行も愉《たの》しむ。

そんな夢物語が通用する時代ではない。等身大の大学生や若い社会人の人生模様を描くには、アルバイトの時給額まで知っておく必要があった。

やがて、夕食の用意が整った。

家族は寄せ鍋を突つきながら、いつものように談笑した。話題は、静香の学校や友達のことが多かった。

休日は家族三人で入浴することが習わしになっていた。平日は通いの女性ヘルパーの手を借りて、妻は風呂に入っている。

食事の後片づけが終わると、三人は浴室に移った。

街風は妻を抱えて湯船に沈めてやり、先に娘の体を洗いはじめた。いつもの手順だった。

静香の体は、まだ稚《おさな》い。しかし、あと数年もしたら、娘は自分ひとりだけで風呂に入りたがるようになるだろう。胸の手術痕が痛々しい。

静香は頭髪は自分で洗う。体と頭を洗うと、娘は母親に声をかけた。

「はい、選手交代よ」

「一緒に入ろう？」

春奈が言うと、静香は嬉《うれ》しそうな顔で湯船に入った。二人は向かい合い、水鉄砲で湯を掛け合いはじめた。

街風は妻と娘が戯《たわむ》れている間に、手早く髪と体を洗った。全身の泡をシャワーで洗い落とし、妻を浴槽から出してやる。

春奈はプラスチックの椅子に腰かけると、自分で体を洗いだした。不自由な脚《あし》を手で持ち上げながら、足の裏まで器用に洗う。

「お母さんの背中、わたしが洗うからね」

静香が湯船から出て、スポンジにボディ・シャンプー液をたっぷりと落とした。

街風は浴槽に肩まで浸《つか》り、洗い場の妻と子をぼんやりと眺めた。

春奈の肌はまだ充分に瑞々《みずみず》しい。典型的な餅肌《もちはだ》だ。肢体も肉感的だった。

寝室では、めったに全裸の妻を見ることはない。街風は事故以前と同じように、素肌と素肌を寄せ合いたかった。

しかし、妻のほうは素っ裸になることには抵抗があるようだった。動かない脚を夫の目には触《ふ》れさせたくないのだろう。

街風は時たま、無性《むしょう》に春奈の秘めやかな場所に顔を埋《うず》めたくなるときがある。しかし、無理強《じ》いをしたことは一度もない。

情熱的に舌を躍《おど》らせても、敏感な部分が痼《しこ》ることはなかった。厭《いや》でも妻は、そうした現実を思い知らされることになる。それを知りながら、一方的な行為には走れない。惨《むご》すぎる。

「あとは、お父さんの仕事よ」

静香は母親の背中を洗うと、父親を促《うなが》した。

街風は浴槽から出て、娘を湯船に沈ませた。街風はシャワー・ヘッドを手に取って、春奈の全身の泡をきれいに落とした。セミ・ロングの髪をタオルで拭《ぬぐ》ってやる。

「わたし、もう出る」

静香が湯船から出て、そのまま脱衣室に移った。

「ちゃんとバス・タオルで体を拭《ふ》くのよ」

「はーい」

「いつも返事だけはいいんだから」

春奈が苦笑しながら、肩を竦《すく》めた。静香は体の拭い方が毎回、大雑把《おおざっぱ》だった。

街風は両腕で妻を捧《ささ》げ持ち、そのままゆっくりと浴槽に沈めた。脱衣室から静香が飛び出していくと、妻が低く言った。

「もっと近づいて、洗い場にひざまずいて」

「え?」

「オーラルで……」

「静香が戻ってくるかもしれないじゃないか」

「平気よ。あの子、しばらくテレビの前から離れないわ」

「しかしなあ」

「ね、早く！」

「大胆だな、きみも」

街風は迷いを捨て、言われた通りにした。

春奈が夫の尻を片腕で抱え込み、せっかちに唇を被《かぶ》せてきた。狂おしげなフェラチオだった。

街風は脱衣室の様子をうかがいながら、春奈の乳房をまさぐった。指の間に挟《はさ》みつけた乳首は硬く張りつめていた。

わずか数分で、欲望は爆《は》ぜた。春奈は放ったものを呑み下した。

街風は腰を引き、手早く股間を洗った。

「また、リハビリをやってみようかな。ほんの一瞬だったけど、下の部分に感覚が蘇《よみがえ》ったのよ」

「ほんとに⁉」

「もしかしたら、気のせいだったのかもしれないけど。歩行は無理でも、自分のためにもあなたのためにも、大事なとこが感じるようになってほしいわ」

春奈の顔には、羞恥《しゅうち》の色が宿っていた。

「よし、もう一度、本格的なリハビリをやってみようよ」

「ええ。何かと大変でしょうけど、よろしくね」

「全面的に協力するよ」

街風は誓った。

五分ほど経《た》ってから、春奈を浴槽から出した。脱衣室の木製の椅子に腰かけさせ、バス・タオルで湯滴を拭う。パンティを穿《は》かせ、パジャマを着るのも手伝った。

街風は妻を車椅子に移してから、ゆったりと湯船に沈んだ。

風呂から上がると、彼は二階の書斎に入った。二日前にこしらえた手製の護身具をパーカーでくるみ、階下に降りる。

街風は妻に釣具屋に行くと偽《いつわ》り、そのまま家を出た。なぜだかローレルは消えていた。

ジャガーを数百メートル走らせ、路上に停《と》めた。ポケットフォンを使って、荻の自宅に電話をかけた。

受話器を取ったのは、当の本人だった。街風は膝《ひざ》の上に置いた自動録音機の再生スイッチを入れた。

荻と留衣の音声が響きはじめた。ボリュームは最大にしてあった。厭でも荻の耳に届くだろう。

やがて、盗聴テープの音声が熄《や》んだ。

街風は自動録音機の停止ボタンを押し込み、携帯電話を耳に当てた。

「このテープを会社のトップに渡せば、確実にあんたは解雇されるな」

「その声は、街風だな」

「ああ、そうだ」

「いったい、どういうことなんだ？　おまえは強請屋《ゆすりや》に成り下がったのかっ」

「そこまで堕《お》ちちゃいない。あんたに確かめたいことがあるだけさ」

「金が目的じゃないんだな？」

荻が念を押した。

「ああ、銭《ぜに》が欲しいわけじゃない。これから、代々木に行く。九時ジャストに、代々木公園に来てくれ。そうだな、代々木競技場の前で落ち合おう」

「街風、何を考えてるんだ？」

「会えば、わかるさ。もし来なかったら、いま聴かせた録音テープは会社の会長か社長に渡すことになるぜ」

「行くよ、必ず行く」

「それじゃ、後で会おう」

街風は電話を切って、時刻を確認した。八時十一分過ぎだった。

まだ時間はたっぷりある。ジャガーを玉川通りに向けた。大橋《おおはし》まで走り、山手《やまて》通りに入る。富《とみ》ケ谷《がや》の交差点を右折し、井《い》ノ頭《かしら》通りに乗り入れた。

いくらも走らないうちに、左手に代々木公園が見えてきた。まだ八時四十分だった。

街風はジャガーを公園の横に停めた。

二つの護身具を腰の後ろに挟み、その上に黒いパーカーを羽織《はお》る。片方のロッドには五十号の錘、もう一方の先端にはボラ鉤《ばり》を仕掛けておいた。

街風は車を降り、原宿《はらじゆく》駅横の五輪橋《ごりんばし》まで自然な足取りで歩いた。例の二人組の影は見当たらない。気になる車も目に留《と》まらなかった。

街風は代々木競技場の真ん前まで引き返し、代々木公園の植込みの中に分け入った。

厚手の白いタートルネック・セーターを着た荻真人が姿を見せたのは、九時五分前だった。ボディ・ガードらしい者は伴《ともな》っていなかった。

「こっちだ。公園の中で話そう」

街風は荻に言って、遊歩道に出た。

荻が小走りに追ってくる。街風は歩きながら、錘の付いたロッドを引き抜いた。リールは手動式のものだった。

「どこまで行くんだ？　このへんでいいじゃないか」

後ろで、荻が言った。

街風は立ち止まった。振り向きざまに、キャストした。

鍾は二十メートルほど離れた荻の額《ひたい》に当たった。荻が呻いて、うずくまった。街風はラインを巻き戻した。

「なんの真似《まね》なんだっ」

「あんたは、おれを染谷常務に売ったなっ」

「そうだ。おまえを売ったって!?」

「そうだ。おれの弱みをリークしたんじゃないのかっ」

「街風、なんの話をしてるんだ!?　わけがわからんよ」

荻が高い声で言った。

「おれを襲った二人組は、あんたに雇われたとはっきり言ったんだ。ひとりは剃髪頭《スキン・ヘッド》の大男で、もう片方は顎の尖った二十五、六の奴だよ。あいつらは、どこの組の者なんだ?」

「そんな奴ら、おれは知らない。だいたい、なぜ、おれがおまえを襲わせなきゃならないんだよっ」

「それは、おれが山形さん殺しの犯人はあんたかもしれないと疑いはじめたからさ」

「おれが山形を殺したって!?　冗談も休み休み言えよ。おれが山形を殺せるわけないじゃないか。あの男が死んだ時刻には、おれは自宅で友人たちと麻雀《マージャン》をやってたんだ。証人なら、何人もいるよ」

「あんたが嘘つきかどうか、体に訊《き》いてみよう」

街風は、またロッドを振った。

二投目は荻の右肩に命中した。荻が悲鳴を放ち、不意に身を翻《ひるがえ》した。

（逃がすもんか）

街風は大急ぎで錘を手繰《たぐ》り、みたびキャストした。三投目は、荻の首の後ろに当たった。

荻が前のめりに倒れた。

街風は走り寄って、短く持ったラインを回転させはじめた。紐《ひも》付きの分銅《ふんどう》を振り回す要領で、荻の背や腰に錘を何度も叩きつけた。

「おれは街風のことで常務に告げ口したこともないし、山形勇の死にも無関係だ。制作部に戻れるよう、常務に頼み込んだだけだよ。それから、留衣にはキックバックを要求した。おれがやったのは、その二つだけだ」

「あんたは山形さんとライブラリー室の前で烈《はげ》しく言い争ったはずだ。そのときの怒りから、山形さんを尾行して、長津田駅のホームから線路に突き落としたんじゃないのかっ」

「山形は嫌いだったが、殺すなんてことは一度も考えたことないよ」

荻が涙声で言った。

（あの二人組は、荻に濡衣《ぬれぎぬ》を着せたかったんだろうか。そうだとしたら、いったい誰がおれの秘密を暴《あば》き、山形さんを……）

街風は頭が混乱し、考えがまとまらなくなった。溜息《ためいき》をついて、夜空を仰ぎ見た。

2

社員食堂は空《す》いていた。

街風は窓際のテーブルに向かって、コーヒーを飲んでいた。ガラス越しの陽射しが暖かい。

きのうの晩、街風は手製の護身具を腰に戻したあと、荻に麻雀の面子《メンツ》の連絡先を吐かせた。そして、その場で三人の男に電話をしてみた。その結果、荻のアリバイは成立した。

(おれのことを染谷たちにリークしたのは、荻じゃなさそうだ)

街風はラーク・マイルドに火を点《つ》けた。

『フロンティア』の社長やフェニックス・レコードの制作部長がリークしたとは考えられない。宮口をはじめとする直属の部下たちに悪事を嗅《か》ぎ当てられた気配もうかがえなかった。同期の江森に自分の弱みを話したのは、ごく最近のことだ。アナウンサーの沙也加には、その件については何も喋《しゃべ》っていない。

しかし、局内に内部告発者がいることは間違いないだろう。

告発者を逆恨《さかうら》みする気はなかった。ただ、やはり告発者が誰であるかは知りたい気がする。知らないままでは、なんとなく気分が落ち着かない。

煙草《たばこ》の火を揉《も》み消したとき、報道部の湧井が社員食堂に入ってきた。

彼は何も注文せずに、まっすぐ街風のいるテーブルに歩み寄ってきた。ワイシャツ姿だった。

「朝から呼び出して悪いな」

街風は先に口を開いた。

「この時間は、まだ忙しくないんだ」

「そうか」

「山形さんのことだろ？」

湧井がそう言いながら、正面に腰かけた。街風は無言でうなずいた。

「やっぱり、山形さんは駅のホームから突き落とされたんだよ。警察が新たな目撃証言を得たんだ」

「目撃者について、知ってることを教えてくれ」

「いいとも。目撃者は、長津田駅のそばにあるマンションに住んでる三十二歳の主婦だよ。その女性は駅のそばにあるコンビニまで買物に出かけて……」

「偶然、目撃したんだな？」

「ああ。そのとき、彼女は大柄の三十前後の男が山形さんの背中を突き飛ばして、ホームの反対側の線路に飛び降りたとこまで目撃してるんだ」

湧井が言った。

例の剃髪頭《スキン・ヘッド》の大男なのか。街風はそう考えながら、即座に問いかけた。

「そいつの人相や着衣は？」

「黒い毛糸の帽子を被って、チャコール・グレイのコートを着てたそうだよ」

「顔の特徴は？」

「顔はよく見えなかったらしい」

「そうか。近くに犯人の仲間はいなかったんだろうか」

「そういう奴はいなかったみたいだぜ。誰か思い当たる奴でもいるのか？」

「いや、特にそういう人物はいない。目撃者が事件直後に警察に出向かなかったのは、犯罪に関わることを恐れたからなんだろうな」

「本人も聞き込みで訪れた刑事に、そう言ってたらしいよ」

湧井がセブンスターをくわえた。

「通夜のとき、山形さんの奥さんから取材できたのか？」

「断片的な話しか聞けなかったんだが、手がかりになりそうな事実は摑めたよ。死んだ山形さんは、二年ぐらい前からCMスポットの間引き事件の関連記事を熱心に集めてたらしいんだ。ことに関東テレビのネット局の間引きに関する新聞記事や雑誌のレポートをたくさん集めてたそうだよ。それで実際に金沢や福岡に出かけて、スポットの間引きのことを調べてたらしい」

「そのことで、山形さんが奥さんに何か話したなんてことはなかったんだろうか？」

「そういうことはなかったそうだ。ただ、人間はクリーンな生き方をしてないと、いつか誰かに悪事を嗅ぎつけられることになるとしみじみと言ってたらしい」

「なんだか謎めいた言葉だな」

「そうだな。間引きをしたスポット・デスクたちにはそれぞれ弱みがあって、泥沼に引きずり込まれてしまったんだろう」

「多分ね」

「わざわざ山形さんが関東テレビのネット局の北日本テレビや北九州放送を訪ねてるのは、うちの局の人間がスポットの間引《ま》き《ぢ》に間接的に関わってるのではないかという疑いを持ったからじゃないのかね？」

「そうだとしたら、ローカル局の間引きはキー局の人間が意図的にやらせたことになるな」

「ああ。本格的な衛星放送時代になってデジタル化が進めば、ローカル局は淘汰《とうた》されざるを得なくなる」

「ま、そうだな」

街風は短く答え、飲みかけのコーヒーを啜《すす》った。

「ここに来たついでに、早目に昼飯を喰っちまうかな。街風、つき合えよ」

「ああ。何にする？　おれが食券を出すよ」

「そうか。それじゃ、Ａランチをご馳走《ちそう》になろう」

湧井がそう言い、短くなった煙草の火を消した。

街風は立ち上がって、食堂のカウンターに足を向けた。二人分の食券を出し、Aランチのセットを二つ受け取る。

両手で洋盆《トレイ》を持ち、テーブルに戻った。

二人は世間話をしながら、昼食を摂《と》った。

社員食堂を出ると、街風は三階の制作部に戻った。すぐに宮口が近寄ってきて、小声で告げた。

「ほんの数分前に、山形さんの奥さんと長男が街風さんを訪ねてきました」

「それで、二人はもう帰っちゃったのか？」

「少し玄関ロビーで待たせてもらうと言ってました」

「そうか。すぐに行ってみるよ」

街風は宮口に言って、廊下に走り出た。

一階のロビーに降りると、志乃と武彦は奥の応接ソファに並んで腰かけていた。二人が街風に気づき、相前後して立ち上がった。

街風は会釈《えしゃく》して、二人に歩み寄った。

「申し訳ありません。ちょっと席を外《はず》してたもんですから」

「通夜のときは、大変失礼いたしました。あなたが山形を自殺に追い込んだのではないかと邪推してしまったもんですから……」

「ぼくも街風さんに失礼なことを言ってしまって、すみませんでした」

未亡人と息子が言った。

「こないだのことは少しも気にしてません。どうぞお坐りになってください」

街風は客の二人が腰かけてから、ソファに坐った。志乃の正面だった。

「きのう、警察の方が見えて、主人が駅のホームから何者かに突き落とされたんだということを聞かされたんです」

「そうですか」

「あなたに辛《つら》く当たったりして、ほんとうにごめんなさいね」

「いいんですよ、もう」

街風は穏《おだ》やかに言った。

口を結ぶと、武彦が話しかけてきた。

「また失礼なことを言うようですけど、父は死ぬ何時間か前に母に、街風さんに裏切られたというようなことを電話で言ってきたらしいんです」

「その話は、お母さんから聞きました」

「いったい父と何があったんです？　そのへんのことを正直に話してもらえませんか？」

「作劇法のことや演出論で意見が対立したとき、山形さんのセンスは古すぎるというようなことを言って、お父さんを怒らせてしまったんだ」

街風は良心の疼《うず》きを覚えながらも、事実を隠し通した。

「それだけじゃないんでしょ？　そのくらいのことで、父は会社を辞《や》める気にはならないと思うんです」

「お父さんは、山形さんは関東テレビにいる限り、もうドラマ・プロデューサーに復帰できないと思ってたんです。現にわたしに、一緒に番組制作会社を興《おこ》そうって話を持ちかけてきたんだ。だから、前々から退職する気持ちがあったんだと思うな」

「街風さんは、父の誘いを断ったんですね？」

武彦が確かめた。

「ええ、そうです。来年の連続ドラマの企画も進んでたんで、すぐには行動を共にはできないとね。それで山形さんは、わたしに裏切られたと感じたんだろうな」

「その程度のことで、五十近い夫があんなにショックを受けるものでしょうか」

志乃が話に割り込んできた。

「山形さんは、わたしを弟子のように思ってくださってましたからね。わたしのほうも日頃、ご主人を頼りにしてたんです」

「そのことは知っております。逆にそういう関係だからこそ、弟子筋に当たる方の立場や気持ちも理解できるんじゃないのかしら？　会社の設立の件で協力を得られなかったからといって、山形があなたを逆恨みするようなことはないと思うんです」

「ええ、確かにね。ですが、それしか思い当たらないんですよ」

街風は胸苦しさを覚えた。

いっそ自分の家族大事さに、恩のある山形を汚い手口で陥《おとしい》れたと言ってしまおうか。そうすれば、胸の痞《つかえ》は消えるはずだ。罪悪感も薄れるだろう。

しかし、真実を明かせば、自分の家庭が崩壊しはじめる。ひとり娘の手術費用のためとはいえ、会社の金を横領し、さらに詐欺《さぎ》まがいのことをした事実は消しようがない。

春奈は事実を知っても、夫である自分を軽蔑《けいべつ》することはないだろう。だが、街風が会社を解雇され、刑務所に入って収入の途《みち》を断《た》たれれば、すぐにも暮らしが成り立たなくなってしまう。

下半身麻痺《まひ》というハンディのある春奈が就《つ》ける仕事は限られてくる。その稼《かせ》ぎで、母子の生計を立てられるはずはない。

娘の静香にしても、自分の手術代を工面《くめん》するために父親が犯罪に走ったと知ったら、想像以上に苦しむだろう。先天的な心臓病を持って生を享《う》けたことを呪《のろ》うだけではなく、死にたくなってしまうかもしれない。

妻と子が心中をする気にでもなったら、取り返しがつかなくなる。そういう悲劇は何としても回避しなければならない。

狡《ずる》い考え方だが、家族と自分のために、とことん白《しら》を切るほかなかった。

「街風さんがそう言い切られるなら、もう何も申しません。その代わり、山形を殺した犯人について何かお心当たりがありましたら、ぜひ教えてくださいね」

未亡人が涙声で言った。

「もちろん、協力できることがあれば、全面的に協力させてもらうつもりです。しかし、まるで見当がつかないんですよ」

「そうなの」

「さっき報道部の湧井から聞いた話だと、山形さんは事件当夜、大柄な男にホーム下に突き落とされたということでしたが……」

「ええ、警察の方もそう言ってらしたわ。でも、そういう目撃証言があったというだけで、捜査は難航してるようなの」

「そうですか。これも他人《ひと》から聞いた話なんですが、山形さんは一年あまり前から有給休暇を利用して、金沢の北日本テレビや福岡の北九州放送にちょくちょく出かけてたそうですね？」

「それは事実です」

「どんな目的でローカル局に出向いてたんでしょう？」

「それが、どうもはっきりしないの。山形が少し前からローカル局のCMスポット間引き事件に強い関心を示してたことは知ってたんだけど、金沢や福岡にちょくちょく出かけてたこととつながりがあるのかどうかははっきりしないんですよ。もともと主人は、仕事関係の話は家庭ではしないほうだったので」

「ご主人がローカル局の誰と会っていたのかもわかりませんかね？　わたしなりに、少し事件のことを調べてみようと思ってるんです」

「そう。きのう、遺品をざっと整理してみたんだけど、主人の名刺アルバムの中にローカル局の局員の名刺は一枚も入ってなかったわね」

「だとすると、山形さんは身分を隠して、北日本テレビや北九州放送の何かをこっそり調べてたのかもしれないな」

「何かって？」

「まだ断定はできませんが、スポットの間引きに関することかもしれません」

「そうなのかしら？」

「これは個人的な推測ですが、山形さんはスポットの間引きに何か裏があると直感して、その真相に迫りかけてたんではないでしょうか？」

街風は言った。

「それじゃ、山形はそのからくりを見抜いたため、殺されることになったとおっしゃるの？」

「わたしは、そんな気がしてるんです。しかし、あくまでも勘にすぎません。ですから、警察の人たちには、いまの話はしないでもらいたいんです」

「ええ、わかったわ」

「納骨のときは、ぜひお線香を上げさせてください」

「そうしてあげてください。きょうは先日のことをお詫《わ》びにうかがったんですの。ほんとうにごめんなさいね」

志乃が改めて謝罪し、息子を促して腰を浮かせた。

街風は二人を表玄関まで見送った。

すぐにも金沢と福岡に飛び、山形の目的を探り出したい気持ちだった。しかし、きのうのように、また娘が危険な目に遭《あ》うかもしれない。

そう考えると、しばらく東京を離れる気にはなれなかった。自分の代わりに、宮口が動いてくれないものか。

（彼に相談してみよう）

街風は三階の制作部に戻った。

宮口は席を外していた。昼食を摂りに出たのか。街風は自分の席についた。と、机の上に一枚のメモが置いてあった。

天野制作部長の筆跡だった。すぐに常務室に来てほしいという内容の走り書きだ。

街風はメモを丸めて、屑入《くずい》れに投げ入れた。

メモを無視するつもりで、自席で紫煙をくゆらせはじめた。半分ほど喫《す》ったとき、松尾総務部長の脅《おど》し文句が脳裏《のうり》に蘇った。松尾は必要に迫られれば、家族を人質にとると言い切った。

件《くだん》の二人組を雇ったのは、松尾なのだろうか。そして、男たちに雇い主が荻真人だと偽れと知恵を授《さず》けたのか。

だとしたら、松尾は本気で春奈か静香を二人組に拉致させるかもしれない。いま自分が反抗的な態度を示せば、妻と子を同時に引っさらわせる気になるのではないか。

（くそったれめ！）

街風は喫《す》いさしの煙草を灰皿の底に捩《ねじ》りつけ、憤然と立ち上がった。

エレベーターで七階に上がり、常務室に急いだ。染谷、天野、松尾が応接ソファに坐り、出前の鰻重《うなじゅう》を食べていた。

「ここに坐れ」

天野制作部長が自分の横のソファを掌《てのひら》で叩いた。街風は軽く頭を下げ、天野のかたわらに腰かけた。

「山形勇を追い込んでくれたことには感謝してるよ。ほかの八人は、どうなってるのかね？」

染谷常務が口いっぱいに蒲焼《かばや》きを頬《ほお》張りながら、聞き取りにくい声で訊いた。

「残りの八人については、いろいろ作戦を練《ね》っているとこです」

「ずいぶん呑気《のんき》だね。売れないタレントの女の子かコール・ガールを宛《あて》がって、その情事シーンをビデオで隠し撮りすれば、一丁上がりじゃないか」

「今時《いまどき》、そういう色仕掛けに引っかかる者は少ないと思います」

「それなら、局に出入りしてる制作プロや芸能プロの人間に協力してもらって、リスト・アップした連中に袖《そで》の下を使わせるんだな」

「そういう見えの手に引っかかる者もいないでしょう」

「しかし、どこかの誰かのように、まとまった金を必要としてる奴もいるんじゃないのかね？」

松尾が口を挟んだ。

「皮肉ですか」

「別に、きみのことを言ったわけじゃないよ。えへへ」

「松尾さん、わたしの家族に妙なことはしないでください」

「なんのことなんだ？」

「きのうの午後四時過ぎに、多摩川の河川敷でわたしの娘が顎の尖った二十五、六のやくざっぽい男に拉致されかけたんです。それだけ言えば、もう説明は必要ないでしょう。あれは、ただの警告のつもりだったんですか？　それとも、本気でわたしの娘を誘拐させる気だったんですか？どっちなんです！」

街風は松尾を睨《にら》みつけた。

「われわれがきみの娘さんを誰かに引っさらわせようとしたって!?」

「そうじゃないんですかっ」

「そうか、きみは先日の言葉を真《ま》に受けたんだな。あれは、ただの脅しだよ。われわれがギャングみたいなことをやるわけないじゃないか」

「それでは、誰が娘を……」

「われわれが柄《がら》の悪い人間を雇ったという証拠でも握ったのかね？」

「そんなものはありません」

「ほら、そうだろう？　きみは会社にとって、必要な人間なんだ。そんな社員を怒らせるようなことはしない。ところで、何が何でも残りの八人も早期退職に追い込んでくれ。明日から十二月に入るが、まだ丸ひと月もある。なんとかなるね？」

「たったの一ヵ月じゃ、無理ですよ」

「軍資金はいくらでも追加してやるから、なんとか頑張《がんば》ってくれ」

「せめて来年の一月いっぱいまで時間をください」

「それは駄目だ。年末までに片をつけてくれ」

松尾が命令口調で言い、野良犬を追い払うような手つきをした。

街風は頭に血が昇ったが、無言で立ち上がった。三階の制作部に戻ると、宮口が自席に坐っていた。

街風は宮口に声をかけ、廊下に誘い出した。

「おれの代わりに、宮、北日本テレビに行って、山形さんが何を調べてたのか探ってきてくれないか？」

「例の件ですね。いいですよ」

「できたら明日にでも、金沢に飛んでもらいたいんだ」

「わかりました。スケジュールを調整して、なんとか時間をつくります。向こうで何か摑めたら、すぐ街風さんに連絡しますよ」

宮口が先に制作部に入った。

街風は手洗いに足を向けた。トイレから出たとき、懐《ふところ》で携帯電話が鳴った。

ポケットフォンを耳に当てると、女探偵の伊波千秋の声が響いてきた。

「先日はお世話になりました」

「きみには逃げられたかもしれないと思いはじめてたんだ」

「わたし、逃げたりしませんよ。連絡が遅くなっちゃいましたけど、染谷常務の愛人を突きとめました。街風さん、香山理佳《かやまりか》って知ってます？」

「十年ぐらい前のアイドル歌手だろう？」

「ええ、そうです。理佳は現在、歌舞伎町にある会員制のSMクラブ『ソドム』のオーナーなんですよ。常務とは、二年ぐらい前から愛人関係にあるようです」

「いい情報だ。店と理佳の自宅の住所を教えてくれないか」

街風は、上着の内ポケットから手帳を引っ張り出した。

3

電話を切ったときだった。

街風は誰かに肩を叩かれた。振り向くと、江森が立っていた。

「その後、何かわかったのか？」

「ああ、少しな。ここじゃ何だから、屋上で話そう」

街風は、先に歩きだした。すぐに江森が従《つ》いてきた。

二人はエレベーターで屋上に上がった。

誰もいなかった。風が冷たい。二人は陽溜《ひだ》まりまで歩き、そこにたたずんだ。

街風は、まず荻真人を締め上げるまでの経緯《いきさつ》を話した。

「そんな簡単に荻の言葉を信じてもいいのか？」

江森が呆《あき》れ顔で言った。

「嘘をついてる顔じゃなかったんだ」

「あいつは、なかなかの曲者《くせもの》だぜ。二枚舌を使うことぐらい平気でやるだろう。おれは、荻って男を信用してないんだ」

「おれも彼の人間性には問題があると思ってるが、代々木公園では狼狽《ろうばい》の色を少しも見せなかっ

「奴なら、それぐらいの腹芸は朝飯前だろうさ。おれは荻がおまえの弱みを常務たちに密告して、その見返りに制作部に復帰させろと迫ったんだと思うね」

「そうなんだろうか」

街風は、風で乱れた前髪を搔き上げた。

「絶対にそうだよ。奴がシナリオ・ライターの奥寺留衣に来年の新ドラマの脚本を頼んだってことは、すでに自分がドラマ・プロデューサーに返り咲けるという裏付けがあるからさ。おそらく奴は、染谷の言質《げんち》をとってあるんだろう」

「荻は別の何かを裏取引の材料にして、染谷に制作部に戻せって迫ったんじゃないのかな？」

「別の何かって？」

江森が問い返してきた。

「これは未確認情報なんだが、常務は元アイドル歌手の香山理佳を愛人にしてるらしいんだ」

「その情報はどこから？」

「会社に雇われてた女探偵をうまく手なずけて、逆に敵の弱みを握ってもらったんだよ」

「街風、やるね」

「荻真人は、常務の女性関係をちらつかせたんじゃないだろうか」

「荻にそれだけの度胸があるかな。危険な賭《か》けだぜ。奴だって、品行方正ってわけじゃないんだしさ。下手《へた》したら、自分が斬《き》られることになるじゃないか」

「確かに際《きわ》どい勝負だな」

街風は呟《つぶや》いた。

「おれは、やっぱり荻がおまえのことを常務たちにリークしたんだと思うな。もうしばらく奴をマークすべきだよ」

「うむ」

「なんだったら、おれが荻をとことん締め上げてやってもいいぜ」

「やるなら、おれが自分でやるさ」

「そうか。それから、荻が山形さんをホームから線路に突き落とした疑いも……」

「その件に関してはシロだな。荻にはアリバイがあったんだ」

「へえ、そうなのか」

江森が意外そうな顔をした。街風は荻の麻雀仲間たちに電話をかけたことを話し、事件の目撃者が現われた事実を語った。

「逃げた男は大柄だったというから、荻真人じゃないよ。彼は中背だからな」

「荻が、その大柄な奴を金で雇ったということも考えられるぜ」

「江森は、よっぽど荻が嫌いなんだな。何が何でも荻を犯人にしたがってるような感じだぜ」

「別に好き嫌いで、あの男を犯人扱いしてるわけじゃない。これまでの流れや状況から、あいつが怪しいと思ったんだよ」

「そうむきになるなって」

「別段、むきになっちゃいないよ」

「ま、いいさ。それはそうと、明日、宮口に金沢に行ってもらうことにしたんだ」

「金沢って、北日本テレビに？」

「ああ。山形さんは、どうもローカル局のＣＭスポット間引き事件のことを調べてたようなんだ」

「何か裏付けでもあるのか？」

江森が訊いた。街風は未亡人から聞いた話をかいつまんで喋った。

「ネット局のスポット間引きのことなんか調べる気になったのは、どうしてなんだろう？」

「山形さんは、関東テレビ《うち》が北日本テレビと北九州放送の間引き事件に関与してるかもしれないという疑惑を懐《いだ》いたようだな」

「街風、もっと詳しく説明してくれ」

江森が言った。街風は、自分の推測を語った。

「確かに本格的な衛星放送時代になれば、必ずしもネット局のすべてが必要じゃなくなるだろうな。だからといって、キー局の関東テレビ《うち》がＣＭスポットの間引き事件を仕組んで、ローカル局を斬り捨てるとは思えない。そんな裏工作が発覚したら、親亀の関東テレビ《うち》がこけることにもなりかねないからな」

「そのあたりのことは、ちゃんと手を打ってあるんだろう」

「待てよ、街風。うちの局は、そのへんの中小企業とは違うんだぜ。系列グループには大手新聞社や出版社もあるんだ。広域暴力団の企業舎弟《フロント》じゃあるまいし、そんな荒っぽいことはしないさ」

「おれだって、そう思いたいよ。しかし、クリーンなイメージで売ってる大企業だって、裏では汚い商売をしてる。旧財閥系にしろ、戦後の新興コンツェルンにしろ、乗っ取りや吸収合併を繰《く》り返して巨大化したわけだからな」

「資本主義社会なんだから、弱肉強食は避けられないさ。しかし、天下の関東テレビがローカル局潰《つぶ》しに、わざわざ危ない橋を渡るわけないだろうが。おまえの推測にはうなずけないね」

江森が言った。

「言われてみれば、会社ぐるみでネット局潰しに汚い手を使うとは考えにくいな」

「当たり前だよ」

「ま、聞けって。一部の役員がCMスポットの間引きでローカル局潰しを図《はか》ろうとしたとは考えられないか？」

「その一部の役員っていうのは、染谷常務のことだな？」

「ま、そういうことだ。染谷は副社長派の番頭格だから、ライバル派閥の社長派には評価されてない。会長は明らかに社長派だ」

「そうだな」

「遣《や》り手だった副社長は数年のうちに現社長を蹴落とすだろうと囁《ささや》かれてたが、一年数ヵ月前に脳血栓《のうけっせん》で倒れてしまった。幸いにも職場復帰はしたが、昔のような志気はない」

「それは、その通りだろうな」

「染谷もいつまでも副社長にくっついてたら、これ以上の出世は望めない。そこで、社長派に乗り換える気になった。それで、何か点数を稼ぐ必要があった――」

「で、染谷はネットの二局のスポット・デスクを抱き込んで、間引きをさせた？」

「ああ、ひょっとしたらな。山形さんは、その陰謀を知ったんじゃないだろうか。ほかの八人のリストラ対象者は、山形さんのシンパばかりだ。その連中は、山形さんから染谷の秘密を聞いてる可能性がある。彼らが事件の核心に迫る前に局から追い出したかったんだろう。だから、染谷はおれを使って、山形さんをリストラ退職に追い込ませた。それでも不安だったんで、常務は犯罪のプロを雇って……」

街風は、さすが語尾を呑んだ。

「染谷が山形さんを殺させたって⁉」

「何も証拠はないが、そう推理できなくはないよな？」

「いくら出世欲の強い人間でも、偉くなるためにに人殺しまではやらないだろう？　たとえ自分の手を汚さなかったとしてもな」

江森が異論を唱《とな》えた。

そのすぐあと、彼の携帯電話が鳴った。遣《や》り取りは短かった。

「来客か？」

街風はたずねた。

「いや、会議の時間なんだ。バラエティ番組は、やたら打ち合わせと会議が多いんだよ」

「忙しいのは結構じゃないか」

「まあね。また、ゆっくり話そう」

江森がそう言い残し、あたふたと走り去った。

街風はラーク・マイルドをくわえた。

染谷常務と元アイドル歌手の香山理佳が愛人関係である証拠をどう押さえればいいのか。新宿にあるSMクラブ『ソドム』は、会員制の店らしい。となると、客に化けて店内に入るわけにはいかない。

店の前で張り込んで、理佳を尾《つ》けて密会の現場を押さえるべきか。それとも、新宿区大京町《だいきょうちょう》にあるという理佳の自宅に貼《は》りつくべきか。

女探偵の話だと、理佳の自宅は一戸建てらしい。庭に忍び込んで、家の中を覗き込むことはできそうだ。うまくすれば、留守中にこっそり超小型電話盗聴器を仕掛けられるかもしれない。

染谷には、サディズムかマゾヒズムの気《け》があるのだろう。できれば、常務が元アイドルとSMプレイに興じているところを盗撮したい。

それに成功すれば、敵に対抗できる。リストラ屋じみたことはすぐにやめられるだろうし、山形の事件に染谷が関与しているかどうかも探り出せるだろう。

（待てよ。過激なSMプレイは、『ソドム』の個室で行なわれてるのかもしれないな。となると、誰か味方を店に潜《もぐ》り込ませる必要がある）

街風はそこまで考えたとき、アナウンサーの沙也加をSM嬢に仕立てることを思いついた。身勝手な考えだったが、彼女のほかに協力してもらえそうな女性はいなかった。

SMクラブのホステスは、必ずしも真性《しんせい》のサディストやマゾヒストばかりではないらしい。高給に釣られて、SMクラブのホステスになるノーマルな若い女性もいるようだ。

沙也加が承諾《しょうだく》してくれれば、彼女を『ソドム』にホステスとして送り込める。

ただ一つだけ、問題があった。アナウンサーの沙也加は、多くの視聴者に顔を知られている。メイクで、どこまで別人のように変えられるか。

局にはメイクアップや特殊メイクの専門家がたくさん出入りしている。個人的に親しくしている者も何人かいた。彼らの手を借りれば、沙也加の顔の印象はだいぶ変わるだろう。

街風は懐からポケットフォンを取り出し、アナウンサー室に電話をかけた。首尾よく、沙也加は室内にいた。

「おれだよ。きみに頼みたいことがあるんだ」

「お小遣いが足りなくなったんでしょ？　五、六万なら、お財布に入ってるわ」

「きみに金を借りようなんて思ったことは一度だってないよ。別の相談があるんだ。実は、いま屋上にいるんだよ。悪いが、ちょっとこっちに来てもらえないか」

「いいわ。いま行きます」

「よろしく！」

街風は電話を切って、煙草に火を点けた。

一服し終えたとき、沙也加がやってきた。茶系のツイード地のパンツ・スーツ姿だった。

「さっそくだが、あるSMクラブに今夜、ホステスになりたいと言って、店内に潜り込んでほしいんだ」

街風は、いきなり言った。

「冗談でしょ!?」

「いや、本気で頼んでるんだ」

「いったい何を考えてるの？　わかりやすく説明して」

沙也加が促した。

「おれ、染谷常務の弱みを摑みたいんだ」

「なぜなの？」

「詳しいことは話せないんだが、おれは常務に弱点を押さえられて、不本意なことを強《し》いられてるんだ」

「弱点って、何なの？」

「それだけは言えない。複数の人間に迷惑をかけることになるからな」

「他人行儀なのね」

「すまない」

「いいわ、深くは詮索《せんさく》しないことにする。要するに、あなたも敵の弱点を押さえて切り札にしたいってことね？」

「察しがいいな」

「常務とＳＭクラブは、どうつながってるわけ？」

「店のオーナーは常務の愛人らしいんだ。かつてアイドル歌手として、毎日のようにブラウン管に登場してた香山理佳だよ」

「ほんとに？　信じられないわ。理佳は二十八か、九よね？　なのに、ＳＭクラブのオーナーなの!?」

「多分、表向きの経営者なんだろう。真のオーナーは、染谷常務なのかもしれない」

街風は言った。

「そうなら、常務は異常性欲者なんじゃない？」

「その可能性はあるな」

「どっちなんだろう？　Sかしら？　それとも、Mのほうかな？」

「マゾヒストの大半は社会的に成功してるというから、おそらく染谷はMなんだろう」

「あの常務が鞭《むち》でぶたれたり、縛《しば》られたりして、嬉しそうに身悶《みもだ》えしてるわけ？　うわーっ、気持ち悪い！　吐き気がしてきたわ」

　沙也加が整った白い顔をしかめた。

「ぜひ働かせてほしいとオーナーの香山理佳に頼み込んでくれないか」

「もし雇ってもらえたら、わたしは何をすればいいの？」

「オーナーの部屋と個人プレイ・ルームにレンズ直径一ミリの超小型ビデオ・カメラを仕掛けてほしいんだ」

「盗撮マニアたちが使ってるというCCDカメラを仕掛けるわけね？」

「そうだ。きみが協力してくれるんなら、夕方までに超小型ビデオ・カメラを何台か用意しておくよ」

「わたし、多少は人に顔を知られてるから、香山理佳に怪しまれちゃうんじゃないかしら？」

「知り合いの特殊メイクアップ・アーティストに顔をいじってもらえば、多分、見抜かれないだろう」

「そうか、そういう手があったのね」

「少々、危険だが、どうだろう？」

「ちょっと怖い気もするけど、面白そうね。それに以前、番組の特集で風俗関係のレポーターをやったことがあるの。いいわ、引き受ける。その代わり、お礼はしてもらうわよ」

「いくら払えばいいんだい？」

「ばかねえ。お金なんかいらないわ。わたしのために、何時間か時間を割《さ》いてほしいの。もちろん、仕上げは寝室でね」

「わかった。きみが役目を果たしてくれたら、一緒に過ごそう」

街風は約束した。彼は、沙也加に危険なことを強いた自分を心のどこかで嫌悪していた。同時に、沙也加を愛《いと》おしく思ってもいた。

4

車を停めた。

新宿区役所の裏手だった。午後八時を回っていた。

街風は灰色のワゴン車のハンド・ブレーキを引いた。レンタカーだ。

助手席の沙也加が大きく息を吐いた。

ひどく緊張した様子だ。特殊メイクで、別人のように見える。レモン色の派手《はで》なスーツを着ていた。水商売関係の女性に思われるだろう。

SMクラブ『ソドム』は、少し先の雑居ビルの五階にある。

「二、三回、深呼吸してみな」

街風は言った。沙也加が言われた通りにした。砲弾型の胸が上下に弾《はず》んだ。

沙也加の膝の上には、フランス製のバッグが置かれている。その中には、超小型ビデオ・カメラが二台入っていた。

「どうだ？」

「少し落ち着いたわ」

「それじゃ、これをブラジャーの中に入れてくれ」

街風は、親指の爪《つめ》ほどの大きさのワイヤレス・マイクを沙也加に手渡した。

沙也加が上体を捩って、街風に背を向けた。すぐに胸許《むなもと》に手を滑り込ませ、ワイヤレス・マイクをブラジャーの中に忍ばせた。

車のシールドは、スモーク・グラスだった。外から車内は見えない。

「くどいようだが、きみは短大を中退後、ずっとホステス暮らしをしてきたことにしてくれ。そういう設定だから、適当にくだけた喋り方をしてほしいんだ」

「ええ、わかってるわ。でも、ちょっと怖いな。体が震《ふる》えそうだわ」

「心配するなって。きみが危険な目に遭いそうになったら、必ずおれは店に飛び込む」

「そうなったら、お願いね」

「ああ、任《まか》せてくれ。それじゃ、うまく頼むぜ。さ、行って！」

街風は急《せ》かせた。

沙也加が黙ってうなずき、意を決したように素早く外に出た。足早に雑居ビルに向かった。

街風はＶＨＦ用の受信機を手に取った。

ワイヤレス・マイクの音はＦＭラジオでも拾える。ただし、電波は弱い。温度や湿度の変化で、周波数が不安定にもなる。

そんなことから、ＶＨＦ帯で電波をキャッチすることにしたのである。ＦＭ帯を使うよりは、音声は鮮明に聞こえるはずだ。

使用周波数は百三十五から百五十五メガヘルツと限られている。街風はチューナーを少しずつ回しはじめた。

すぐに沙也加の息遣いとパンプスの音が響いてきた。雑居ビルのエレベーター・ホールに向かっているようだ。

足音が止《や》んだ。

「これから、五階に上がります」

沙也加が告げた。エレベーターの扉《とびら》が開く音がし、美人アナウンサーが函《ケージ》に乗り込む気配が伝わってきた。

街風も緊張感を覚えはじめた。

エレベーターが動きだし、ほどなく停止した。沙也加がホールに降り、歩きはじめた。

十数秒で、パンプスの音が止まった。ドアを引く音が聞こえ、奥から若い男の声が響いてきた。

「お客さん、店を間違えたんじゃない？　ここは会員制のクラブだよ」

「ええ、知ってるわ。あたし、こちらで雇ってもらいたくて来たんです。ママか、マスターに取り次《つ》いでもらえないかしら？」

「こういう店で働いたことはあるの？」

「ええ、ちょっとね。横浜の『女王蜂《じょおうばち》』ってお店、ご存じ？」

「知らないなあ」

「横浜じゃ、有名なお店なんだけどね。あたし、そこで一年近くSプレイでナンバー・ワン張ってたの。でも、同僚たちにやっかまれて、だんだん働きにくくなっちゃってね。それで、辞めたわけ」

「最近、うちのS嬢がひとり抜けたとこなんだ。ママに取り次いであげよう」

「よろしくね」

沙也加が甘え声を出した。

男の靴音が遠ざかった。沙也加は大きく息を吐いた。だいぶ緊張しているようだ。

数分すると、男が戻ってきた。

「ママがすぐ面談したいってさ」

「そう。ありがとね」

「こっちにどうぞ」

二人が歩きだした。沙也加は事務室に導かれたらしい。

男と沙也加が立ち止まった。ドアがノックされ、男の声が流れてきた。

「お連れしました」

「ありがとう。入ってもらって。あなたは、もういいわ」

紛《まぎ》れもなく元アイドル歌手の声だった。

若い男が去り、沙也加が入室する。

「あら、きれいな方ね」

「あっ、ママをテレビで観《み》たことあるわ。もしかしたら、香山理佳さん？」

「わかる？」

「ええ、すぐにわかったわ。あたし、あなたのファンだったの」

「それはありがとう。ずいぶん落ちぶれたと思ったんじゃない？」

「ううん、そんなことないわ。これだけのお店のママをやってるんだから、立派ですよ」

「人気が落ちたら、いつの間にか取り巻き連中はいなくなって、借金だけが残ってたの。それで、お金を返すためにショー・パブのSMショーに出るようになったわけ。そのとき、自分にSの気があることに気づいたのよ。それからは、この道をまっしぐら！」

「うふふ。趣味と実益を兼ねた仕事ができるんだから、最高ですよ。お店では、ママはどんな名前を使ってるの？」

「昔の芸名をそのまま使ってるのよ」

「へえ」

「あなたのお名前は？」

ママの理佳が沙也加にたずねた。

「坊城有紀《ぼうじょうゆき》です。ついでに、年齢も教えちゃいます。もう二十七なの」

「わたしのほうが二つお姉さんね。横浜のこういうお店で働いてたんですって？」

「ええ、そうなんです」

「それなら、すぐに責め具は使えるわね？」

「まあ、ひと通りは」

「緊縛《きんばく》プレイはどうなの？」

「亀甲《きっこう》縛りが得意なんです。三分もあれば、お客さんの体をがんじがらめにできるわ」

「それは凄《すご》いわ。もうベテランじゃないの」

「まだ半人前ですよ」

「浣腸《かんちょう》プレイはやれる？」

「それだけは駄目なの。便臭なんか嗅がされたら、あたし、本気でお客さんをぶっ殺したくなっちゃう」

「うふふ。過激なのね。いいわ、それはやらなくても。スカトロ専門の女の子がいるから」

「助かったわ。ここは会員制なんでしょ？」

「ええ、そうよ。現在、会員は三百数十人もいるの。医師、弁護士、大企業の重役、中小企業の社長なんかが多いのよ。検事や警察庁の幹部もいるわ。それから、男っぽさで売ってる超有名俳優もメンバーなの」

「その男優さん、Mでしょ？」

沙也加が訊いた。

「当たりよ。メンバーの約七割はMね。あとの二割がSで、一割はSとMの両方の性癖を持った方ね」

「プレイ・ルームは、いくつあるんですか？」

「七室よ。そのうちの一室は、スカトロ専用のプレイ・ルームなの。部屋は二重構造になってるから、臭《にお》いが洩れることはないわ。だから、安心してちょうだい。室内の汚物はジェット水流で下水管に送り込まれるし、芳香剤も……」

「ママ、やめてください。あたし、吐きそうになっちゃう」

「ごめんなさい」

「後で、空《あ》いてるプレイ・ルームを見せてもらえます？」

「いいわよ。まだ三室空いてるから、好きなとこを見てちょうだい。あら、あなたを立たせたままだったわね。どうぞお坐りになって」

理佳が勧《すす》めた。

二人がソファ・セットに腰かける気配が伝わってきた。

「ママ、灰皿をお借りできるかしら？」

「いま、持ってくるわ」

理佳が立ち上がった。

沙也加のハンドバッグには、小さな穴があいている。彼女は直径一ミリのCCDカメラのレンズをそこから覗かせる気になったようだ。

街風は体を捻《ひね》って、後部座席からバッテリー付きのマイクロ・モニターを摑み上げた。局から、こっそり持ち出した機器だった。

モニターのスイッチを入れると、ソファに坐りかけている元アイドル歌手の妖艶《ようえん》な姿が映《うつ》し出された。

アイドル時代とは違って、全身に色香がにじんでいる。肢体も肉感的だ。染谷常務は愛人に嬲《なぶ》られ、歪《いびつ》な悦《よろこ》びを味わっているのだろう。

ＣＣＤカメラは、事務机やキャビネットを捉《とら》えている。やはり、応接室を兼ねた事務室らしい。奥に社長室らしい扉が見える。

「そちらに何か条件があったら、遠慮なく言って」

「毎日は働けないの。週に三、四日なら、オーケーです」

「週に四日来てもらえると、ありがたいわね」

「わかりました」

「時給は七千円ぐらいしか払えないんだけど、どうかしら？」

「あなたのお店で働けるなら、この際、時給は安くてもかまわないわ」

「そう。指名料が別に入るシステムになってるの」

「それじゃ、せいぜい頑張って指名料でたくさん稼がなくっちゃ」

「ええ、そうして。営業時間は午後八時から翌朝の二時までなの。六十分コースで遊ぶ会員が圧倒的に多くて、九十分や百二十分コースのお客さんはめったにいないわね。だから、お客さんの多い日でも五人前後のお相手をしてもらえれば……」

「わかりました」

「それで、いつから来てもらえる？」

「明日から来ます」

「それじゃ、ほんの形式なんだけど、市販の履歴書があるから、ちょこっと記入して」

理佳が立ち上がり、画面から消えた。奥の部屋に履歴書を取りに行ったのか。

映像が揺れた。沙也加が腰を浮かせたのだ。

彼女はキャビネットに歩み寄った。画像がめまぐるしく変わり、レンズが固定された。モニターには、応接ソファが映し出された。

(うまく仕掛けてくれたな)

街風は、ほくそ笑《え》んだ。

沙也加が元の場所に坐り、細巻き煙草をくわえた。ライターで火を点けたとき、理佳が戻ってきた。

モニターいっぱいに理佳の後ろ姿が映し出され、沙也加の顔は見えなくなった。

「学歴や職歴は省《はぶ》いてもいいわ」

「はい」

沙也加が煙草の火を揉み消し、ボールペンを手に取ったようだ。今度は、ママが煙草をくわえた。

数分すると、沙也加がボールペンをコーヒー・テーブルに置く音がした。

「はい、これで結構よ。それじゃ、プレイ・ルームに案内するわ」

理佳が先に腰を上げた。沙也加も立ち上がった。

街風は後部座席から、もう一つのマイクロ・モニターを摑み上げた。沙也加が別の超小型ビデオ・カメラで店内を映し出してくれる手筈《てはず》になっていた。

電源を入れると、モニターに揺れる通路が映っていた。沙也加は理佳の真後ろを歩いている。

通路の両側には、カラオケ・ルームそっくりの小部屋が並んでいた。

ただし、ドアに覗き窓はない。音楽スタジオと同じような防音扉になっていた。

使用中らしいプレイ・ルームのドアは、ぴたりと閉ざされている。ほかの扉は細く開けてあった。

理佳が空き室の一つに沙也加を導いた。

八畳ほどの広さで、壁のハンガー・フックには雑多な責め具が無造作《むぞうさ》に掛かっている。首輪、鞭、革《かわ》の防声具、鎖、針金、金属鋲《びょう》だらけのグローブといった物だ。

天井には、滑車が吊《つ》られている。ロープは人間の脂《あぶら》で、てらてらと光っていた。小部屋の隅《すみ》には、背の部分が三角形に尖った木馬《もくば》が見える。

そのそばには、背凭《せもた》れの高い籐《ラタン》の椅子があった。S嬢が女王様気取りで椅子に腰かけ、客のマゾ男にロング・ブーツや素足の裏を舐《な》めさせているのだろう。

壁は真っ白で、床はコルク張りだった。壁の下の部分には、長方形の鏡が嵌め込まれている。客たちはS嬢に責め抜かれている自分の惨《みじ》めな姿を眺めながら、マスターベーションに耽《ふけ》るのだろうか。

「時たま、顔におしっこを引っかけてほしいなんて会員もいるの。そのときは、必ず防水シートを使ってね」

理佳が言った。

「要求に応じたくなかったら、断ってもいいんでしょ？」

「もちろんよ。そのときは、相手のお尻を剝《む》き出しにして、思いっきりスパンキングしてあげなさい」

「お仕置きにならなかったりして」

「うふふ」

「セックスを求められることはないんでしょ？」

「ええ、大丈夫よ。体を求めることは会則で禁じてるの。あなたもご存じだろうけど、M男さんたちは自分で愉しむのが好きなのよ」

「そうみたいね」

「お客さんが独り遊びをはじめたら、うーんと叱《しか》り飛ばしてやってね。それがサービスよ」

「そのへんのことは心得てます。自分で愉しみはじめたら、あたし、ハイヒールの踵《かかと》であちこち踏んづけてやるっ」

「あなた、たくさん指名がつきそうだわ」

「ナンバー・ワンをめざして、頑張っちゃう！」

沙也加がおどけて、ガッツ・ポーズをとった。とうに緊張はほぐれた様子だ。

街風は、ひと安心した。

「さて、次のプレイ・ルームに移りましょうか」

「はい」

二人は通路に出て、斜め前の小部屋に入った。

スペースは同じだった。責め具も似たり寄ったりだが、金串《かなぐし》や虎鋏《とらばさみ》まであった。ここでは、ハードなプレイが行なわれているようだ。

最後の一室は、いちばん奥まった場所にあった。ドアの色はゴールドだった。

「ここだけ、ドアの色が違うのね」

沙也加が口を開いた。

「スペシャル・ルームなの。特別会員だけが使ってるの。わたしも時々、プライベートで使っちゃってるんだけどね」

「ママの彼氏も、M系の男性なんだ？」

「スーパーMよ。会社では威張《いば》り散らしてるみたいだけど、このプレイ・ルームでは弱虫で泣いてばかりいるの。とってもいじめ甲斐《がい》のある彼よ」

「もしかしたら、その彼がこの店のオーナーなのかな？」

「そういうことは訊かないのがエチケットよ」

理佳が言い諭《さと》し、黄金色のドアを押し開けた。

スペシャル・ルームは、優に十五、六畳の広さはあった。

奥にセミ・ダブルのベッドが据《す》えられ、コンパクトなソファ・セットや高さ二メートルほどの観葉植物の鉢も置かれている。責め具の種類も多かった。

（染谷常務は客のいない時間帯に、元アイドル歌手と爛《ただ》れた変態プレイを娯《たの》しんでるんだろう。沙也加が超小型ビデオ・カメラをスペシャル・ルームに仕掛けてくれるといいんだが……）

街風はモニターを観ながら、胸底で呟いた。

二人が部屋に足を踏み入れた。沙也加がハンガー・フックに近寄り、責め具を一つずつ手に取って眺めはじめた。

数分が流れたころ、従業員らしい男が理佳を呼びにきた。理佳に会員から電話がかかってきたらしい。

「すぐに戻ってくるわね」

元アイドル歌手はそう言い、男とともに事務室の方に走っていった。

映像が乱れた。どうやら沙也加は、超小型ビデオ・カメラの隠し場所を目で探しているらしい。

少しすると、彼女はベッド横のサイド・テーブルに走り寄った。屈《かが》み込んだとき、一瞬、画像が暗くなった。超小型ビデオ・カメラをハンドバッグから取り出したのだろう。

直径一ミリのレンズが短く沙也加の掌《てのひら》を映し、すぐにサイド・テーブルの脚と床を捉えた。

「それじゃ、ロー・アングルすぎる。カメラの下に何か嚙ませるんだ」

思わず街風は、マイクロ・モニターに向かって叫んでしまった。

彼の思いが通じたのか、沙也加がハンドバッグの中からポケット・ティッシュを抓《つま》み出した。

それを二つ折りにしてカメラの下に滑らせ、レンズの向きを調整した。弾みで、スカートの奥がほんの数秒間、映し出された。

街風は一瞬、どきりとした。裸身を見るよりも、かえって猥《みだ》りがわしかった。

レンズの位置が定められた。天井の近くまでフレームに入っていた。

これで、染谷の変態プレイをビデオ・テープに収録できそうだ。笑みが零《こぼ》れそうだった。

沙也加が素早くサイド・テーブルから離れ、スペシャル・ルームを出た。

少しすると、理佳の声が響いてきた。

「ごめんなさい。もう見終わった？」

「ええ」

「ついでに、スカトロ専用ルームも見ていく？」

「ノー・サンキューです」

「うふふ。それじゃ、明日は七時半までに店に入ってもらえる？　コスチュームを選んでもらわないといけないでしょ？　ボンデージのデザインもいろいろあるから、好きなものを選んでね」

「わかりました。明日からよろしく！」

沙也加が理佳に言って、店を出る気配が伝わってきた。

（大成功だ。これで、おれも切り札を摑めるだろう）

街風は煙草に火を点けた。

ふた口ほど喫《す》ったとき、ワイヤレス・マイクを使って沙也加がエレベーターに乗ったことを告げた。すぐにも彼女を犒《ねぎら》いたかったが、無線交信はできない。

街風は煙草の火を消し、二台のマイクロ・モニターを後部座席に戻した。前に向き直ると、雑居ビルから沙也加が姿を見せた。

街風は車を降り、沙也加を待った。

「ご苦労さん！　うまくやってくれたな。ずっとモニターを観てたんだ」

「そう。わたし、いまになって、膝頭《ひざがしら》が震えはじめてる」

「怖い思いをさせたな」

「ハラハラドキドキだったわ」

沙也加が言った。

「そうだったろうな」

「お礼、忘れてないでしょうね？」

「ちゃんと憶《おぼ》えてるさ。営業中に常務が『ソドム』に現われることはないだろう。これからは、きみの時間だ。何が食べたい？」

「わたしの部屋に来て。特殊メイクを落とさないと、なんか気分が落ち着かないのよ」

「そういうことなら、きみのマンションに直行しよう」

二人は車に乗り込んだ。

街風は探偵社の調査員の姿がないことを目で確かめてから、レンタカーを発進させた。

西麻布に向かった。三十分ほどで、沙也加の自宅に着いた。

ワゴン車を路上に駐め、沙也加と一緒に六〇五号室に入る。間取りは1DKだった。

沙也加が特殊メイクを落としてから、手早く数種のオードブルをこしらえた。ダイニング・キッチンで一時間ほどワインを飲んだ。

それから二人は寝室に移り、肌を貪《むさぼ》り合った。

沙也加は積極的だった。惜《お》しげもなく美しい裸身を晒《さら》し、奔放《ほんぽう》に振る舞った。街風も欲望をそそられ、熱く燃えた。

沙也加は街風の胸の下で、二度も高波にさらわれた。愉悦の声は長く尾を曳《ひ》いた。

部屋を出たのは、午前零《れい》時近い時刻だった。

マンションの前の通りに出ると、レンタカーの中を覗き込んでいる二人の男がいた。街風は目を凝《こ》らした。

なんと例の二人組ではないか。いったいどこから尾けられていたのか。

街風はアプローチの植込みに身を寄せた。

大男と顎の尖った男はほどなくワゴン車から離れ、脇道に入った。街風は足音を殺しながら、二人を追った。

脇道に入ると、すでに男たちの姿は掻き消えていた。

（奴らに尾行されてた気配はうかがえなかった。それなのに、なんで二人組が西麻布にいるんだ!?）

街風は、背中にうそ寒いものを感じた。自分の身辺に、敵の内通者がいるのだろうか。

街風は、しばらく夜道に立ち尽くしていた。

第五章　意外な展開

1

娘が赤いランドセルを背負った。

登校時間になったようだ。翌朝である。

街風は読みかけの朝刊をコーヒー・テーブルに置き、静香に声をかけた。

「ちょっと待ってくれないか」

「なあに?」

「あれから、学校の行き帰りにおかしなことはなかった? 怖いことと言ったほうがいいかな」

「怖いこと?」

静香が問い返してきた。

「そう。たとえば、変な大人が静香のことを物陰から、じっと見てたとかさ」

「そんなこと、一度もなかったよ」

「いきなり車の中に押し込まれそうになったこともないね?」

「うん、ないよ。多摩川にいた奴が、また、わたしを狙《ねら》ってるの?」

「それはないと思うが、念のため、ちょっと訊《き》いてみたんだ。出がけに引き留めちゃって、ごめん。さ、行きなさい」

街風は言って、ふたたび新聞を手にした。

静香が元気よくダイニング・キッチンから飛び出していった。妻の春奈が車椅子の向きを変え、玄関ホールまで娘の見送りに立った。

街風は社会面のセカンド記事を目で追いはじめた。

しかし、記事の内容はいっこうに頭に入らない。昨夜の二人組のことを考えていたせいだろう。

自分は、荻真人の二枚舌に騙《だま》されたのか。代々木公園での遣《や》り取りを頭の中でなぞってみる。

やはり、荻が苦し紛《まぎ》れに嘘をついたとは思えない。どう見ても、演技をしているようではなかった。

仮に荻が染谷たちと通じていたとしたら、例の暴漢はあくまでも彼の名は口にしなかったはずだ。荻とつながりがあるように振る舞ったのは、偽装工作だったのだろう。

それでは、敵の内通者はいったい誰なのか。思い当たる人物はいなかった。それだけに無気味だった。

沙也加のマンションを出てから、ふたたび街風は新宿に向かった。午前三時近くまで件《くだん》の雑居ビルの近くで、モニターを観《み》つづけた。しかし、染谷の姿を目にすることはできなかった。

車椅子に乗った春奈がリビング・ソファに近づいてきた。

「あなた、また静香が拉致《らち》されるかもしれないの？」

「そういうことじゃないんだ。ちょっと心配になったんでね」

「もしかしたら、あなたは山形さんの死の真相を調べてるんじゃない？　マスコミ報道だと、他殺の疑いが濃くなってきたらしいから」

「おい、おーい！　おれは刑事でもないし、私立探偵でもないんだぜ。そんなことできるわけないじゃないか」

「でも、現に静香はさらわれそうになったのよ」

「あの男は幼児性愛《ペドファイル》の嗜好者《しこうしゃ》にちがいない。山形さんのこととは関連なんかないさ」

街風は朝刊を折り畳み、そのまま卓上に戻した。すでに朝食は摂《と》っていた。

「その話とは別のことを訊きたいの」

妻の表情が硬くなった。

「別のこと？」

「ええ。きのうの夜、西麻布にある上松沙也加さんのマンションで何をなさってたの？」

「何を言ってるんだい？　質問の意味がよくわからないな」

街風は空とぼけた。

「その方は、関東テレビの美人アナウンサーなんですってね？　上松さんとは、いつからの仲なの？　わたしが事故で、こういう体になってからなんですか？　それなら、まだ我慢もできます。だけど、それ以前から特別な関係だったんだとしたら、背信行為よね？」

「春奈、落ち着けよ。誰がそんな出たらめを吹き込んだのか知らないが、局の上松さんとは特別な間柄なんかじゃない」

「ほんとうに、ほんとうなの？」

「当たり前じゃないか」

「それじゃ、昨夜《ゆうべ》はどこにいらしたの？」

「局から『オリンポス』に直行して、ずっと独《ひと》りで飲んでたんだ。ママに確かめてみるといいよ」

「そこまでする気はないわ」

春奈は割にプライドが高い。といっても、高慢というのではない。他者に媚《こ》びたり、迎合することを嫌う性格なのである。

街風は疚《やま》しさを覚えながらも、沙也加との仲を認める気はなかった。

沙也加のことは嫌いではない。むしろ、好感を抱いている。しかし、それは恋愛感情と呼べるほど昂《たか》まっていない。

自己弁護になるが、美しい花を見れば、近づいてみたくなる。香りを嗅ぎ、蜜も吸ってみたくなるものだ。

それが男の生理感覚だろう。しかし、女性たちには、それは永久に理解されないにちがいない。ばか正直に浮気を告白すれば、妻は傷つく。

当然のことながら、夫婦の関係はぎくしゃくしはじめるはずだ。溝が深まれば、収拾がつかなくなってしまうだろう。

妻に寄せる愛情は少しずつ形こそ変わっているが、別段、冷めてしまったわけではない。ならば、あえて家庭に波風を立てる必要はないだろう。

男の身勝手な論理だが、それは家庭という名の小舟に妻子を乗せた舵《かじ》取りの知恵なのではないか。

家族愛を育《はぐく》むには、時には事実を封印することも必要だろう。妻や子を失いたくないという気持ちに切実さがあれば、小さなルール違反は赦《ゆる》されるのではないか。

(そう思ってるが、やっぱり詭弁《きべん》だろうな)

街風は苦笑した。

「あなたがそこまで言うんなら、わたし、信じるわ」

春奈が言った。

「ああ、信じてほしいね」

「そうするわ。わたし、もっと大人にならなければいけないのかな?」

「それ、どういう意味なんだい?」

「もう小娘じゃないんだから、男性の生理も少しはわかってるつもりよ。あなたは男盛りなんだから、たまにはベッドでフル・コースを味わいたいわよね?」

「妙なことを言い出すなよ。おれは、いまの形のセックス・ライフに特に不満があるわけじゃない。それに、きみの性感が蘇《よみがえ》りそうな兆《きざ》しもあったじゃないか」

「ええ、それはね。だけど、以前と同じ状態には戻れないと思う。だから、あなたが外で、ほかの女性と寝ることぐらいは目をつぶるべきなのかもしれない。でも、気持ちまで奪われないでね」

「おれは、きみを傷つけるようなことはしないって。それより、きみに妙なことを吹き込んだのは誰なんだい？」

　街風は探りを入れた。

「きのうの夜十一時ごろ、ここに電話があったのよ。電話をかけてきた男は口に何か含んで、さらに送話孔にハンカチか何か被《かぶ》せてるようだったわ」

「声に聞き覚えは？」

「あるような気もしたけど、初めて聴《き》くようにも思えたの。その男は、あなたが上松さんと親密な関係だと言って、彼女のマンション名と部屋番号まで教えてくれたのよ」

「そうか。局内に、誰かおれを快《こころよ》く思ってない奴がいるんだろう」

「最近、部下や制作プロのスタッフを強く叱《しか》り飛ばしたことは？」

　妻が訊いた。

「いや、一度もないな」

「そうよね。あなたは、いつも冷静だものね」

「最近はそうでもないんだ。職場で、よくキレそうになる。しかし、そのつど自分を抑《おさ》えてるんだ」

「そうなの？　それは知らなかったわ」

「おっと、そろそろ出勤しないとな」

街風は話の腰を折って、ソファから立ち上がった。洗面所に行き、入念に髭《ひげ》を剃《そ》りはじめた。

ジャガーに乗り込んだのは、八時半ごろだった。

道路は、それほど混んでいなかった。車を玉川通りに向けた。

（沙也加とおれの関係は、局の人間には知られてないはずだがな。帝都探偵社の菊村とかいう男に尾行された様子もなかった。伊波千秋がおれの不倫相手を突きとめて、松尾総務部長に報告したんだろうか）

街風は、それを確かめてみる気になった。車を路肩に寄せ、女探偵の携帯電話を鳴らした。

「はい、伊波です」

「街風です。きのうは情報をありがとう」

「染谷常務と元アイドル歌手の関係の裏付け、もう取れました？」

「まだだが、そのうち決定的な証拠を押さえられると思うよ。それより、きみはおれのプライベートなことまで調査済みなのかい？」

「いいえ。わたしは、あなたを尾行しただけよ。私生活の細かいことを調べる前に、菊村たちにバトン・タッチしちゃったから」

千秋が言った。

「そう」

「松尾さんたちに、女性関係でも知られちゃったんですか？」

「おれは浮気なんかしてないよ」

「ほんとですか⁉　あなたなら、女性が放っとかないと思うけどな」

「それじゃ、そのうち浮気の相手になってもらうかな」

「いいですよ、いつでも」

「冗談だよ。朝っぱらから、悪かったね」

街風は先に電話を切った。すぐに今度は、沙也加に電話をかけた。

「あら、街風さん。昨夜《ゆうべ》は素敵な一刻《ひととき》をありがとう」

「こっちこそ、礼を言わなきゃな。ところで、妙なことを訊くが、おれたちのことを同僚の誰かに話した覚えはある？」

「ううん、わたしは誰にも喋ったことないわよ。何かまずいことになったのね？」

「たいしたことじゃないんだ」

「奥さんに知られたんでしょ？」

沙也加が言った。

「うん、まあ」

「どうして？　なぜ、わたしたちのことがわかっちゃったわけ⁉」

「きのうの夜、正体不明の男が電話で女房に教えたらしいんだ」

「それじゃ、夫婦喧嘩《げんか》になったのね？」

「いや、白《しら》を切り通したよ。きみや女房に不快な思いをさせたくなかったんでね」

「そうしてもらえて、よかったわ。わたし、あなたの家庭を壊《こわ》す気はないし、奥さんには申し訳ないという気持ちも持ってるの。だけど、街風さんと時々、二人っきりで過ごしたいのよ」

「おれも、きみを縛る気はない。というより、その資格がないよな。おれは妻帯者なわけだから」

「ええ、その通りね。あなたのことはとっても好きだけど、わたし自身も自由を束縛されるのは厭《いや》だわ。いつ、どこで、街風さんよりも魅力のある男性と出会うことになるかもしれないし」

「そんな奴が現われたら、さっさとおれのことは忘れてくれ」

「もちろん、そうさせてもらうわ」

「はっきり言うな」

街風は苦《にが》く笑った。沙也加をいつまでもつなぎ留《と》めておく気は、さらさらなかった。それでも未練気もなくストレートに言われると、一抹《いちまつ》の寂《さび》しさを覚えた。

「別に逆恨《さかうら》みをするわけじゃないけど、誰が余計な告げ口をしたのかしら？　江森さんや湧井さんも、わたしたちのことは知らないはずよね？」

「ああ、多分ね。局の連中は、誰も知らないはずなんだがな」

「でも、わたしたち、局内で立ち話をしてるから、誰かに勘づかれたのかもしれないわね」

「そうだな。おれは白を切りつづける。きみも、そうしてくれないか」

「もちろん、そうするわ。これから、出社するのね？」

沙也加が訊いた。

「いま、出勤途中なんだ。きみ、きょうは午後出勤の日だったよな？」

「ええ、そう。もうひと眠りしてから、局に出るわ」

「そうか。それじゃ、またな」

街風は携帯電話を上着の内ポケットに入れ、ステアリングを握った。

局に着いたのは、九時十分ごろだった。地下駐車場でジャガーのドアをロックしたとき、近くを荻真人が通り過ぎていった。

街風は荻を呼びとめた。振り向いた荻が怯《おび》えた顔つきになった。眉間《みけん》には、青痣《あおあざ》があった。

「代々木公園では早とちりしたようです。おれ、謝ります」

「いまさら謝ってもらっても、嬉《うれ》しくないね。それにしても、きみがあれほど凶暴だとは思わなかったよ」

「てっきり荻さんがおれを陥れ《おとしい》れ、山形さんをホームから突き落としたと思い込んでたんで、つい逆上してしまったんです」

「例の録音テープ、どうする気なんだ?」

「あれは近日中に焼却します」

「必ずそうしてくれ。おれたち、兄弟になったようだからな。きみは留衣のマンションに、室内盗聴器を仕掛けたんだろう?」

「ええ、まあ。しかし、おれは彼女とは寝てませんよ」

「ほんとかい?」

「ええ。盗聴テープのこと、もう奥寺留衣に話したんですか?」

「いや、何も言ってない。そんなことをしたら、留衣に弱みを教えることになるじゃないか」

「それもそうですね。そうだ、一つ確かめ忘れたことがあったな。荻さん、どんな手を使って、制作部に戻れるよう根回しをしたんです?」

「それは……」

「正直に話してくれないと、あの盗聴テープを悪用せざるを得なくなるな」

街風は脅《おど》した。

「は、は、話すよ。天野部長は、留衣と一度寝てるんだ。その話は、留衣から聞いたんだよ。留衣はシナリオの仕事を貰《もら》いたくて部長とホテルに行ったらしいんだが、結局、遊ばれただけだったそうだ」

「その話で天野部長を揺さぶって、制作部に復帰させろと迫ったわけか」

「まあね。それから、おれは染谷常務の女関係も摑《つか》んだんだ。きみには留衣との遣り取りを盗聴されてるから、教えてやろう。常務は、元アイドル歌手の香山理佳を二号にしてるんだ」

「常務と制作部長のスキャンダルを押さえりゃ、相当利《き》き目はあったろうな。それで、荻さんは来春の人事異動の内々示を貰ったってわけか」

「そう」

「ついでに、目障《めざわ》りなおれを編成部に飛ばしてくれって、染谷常務に頼んだわけですね？」

「その件については、きょうにも撤回する。これから常務に会う。だから、勘弁してくれよ。な、街風君！　この通りだ」

荻が拝《おが》む真似《まね》をした。

「どうせだったら、自分の申し入れも取り下げてもらいたいな」

「ドラマ・プロデューサーに復帰するのは諦《あきら》めろという意味なんだな？」

「そういうことです。荻さんが制作部に戻ってきたら、また、おれとぶつかることになるでしょう？」

「おれは、ただのチーフ・プロデューサーでいいよ。シニア・プロデューサーは、きみがやればいい。それで、一緒にいいドラマをどんどん制作しようじゃないか」

「あんたと組む気はねえな」

街風は、ぞんざいに言った。荻が何か言いかけ、急に目を伏せた。

「当分、ライブラリー室で頑張《がんば》ってよ」

「き、きさまっ」

「二年早く局に入ったからって、そんな口はきかせねえぞ。それとも、盗聴テープを会長か社長に聴かせてもいいってことか？」

「くそっ」

「女流シナリオ・ライターにキックバックを要求して体を弄《もてあそ》ぶような悪徳局員は、即刻、馘首《クビ》だろうな」

「わかったよ。そっちの言う通りにする。だから、盗聴テープは悪用しないでくれ。お願いだ、頼むよ」

「やっと話が通じたな」

街風は言い捨て、エレベーター・ホールに足を向けた。荻はたたずんだまま、動く様子がなかった。

街風は先にエレベーターに乗り込み、三階に上がった。

制作部に入る。宮口の姿はなかった。予定通りに金沢に行ってくれたのだろう。

街風は自分の席に坐り、『明日通りのメランコリー』の最終回の脚本に目を通しはじめた。

台詞《せりふ》の言い回しに不自然な箇所が幾《いく》つかあった。余白に簡単なメモをする。後日、演出の宮口の意見を聞き、場合によっては脚本家に変更してもらうことになるだろう。

超大物のシナリオ・ライターは別にして、第一線で活躍している脚本家たちの多くは台詞の変更の申し入れにあっさり応じてくれる。ドラマ制作はチーム・プレイと考えているからだろう。

制作部長の天野が出社したのは、十時半ごろだった。

（こっちも切り札を持ってることを少し匂わせておくか）

街風は腰を上げた。

すでに天野は自席についていた。街風は部長の席に歩を運んだ。

「おはようございます」

「ああ、おはよう！　きょうは何だね？　いつもは朝も帰りも挨拶しない男が……」

天野が警戒心を露《あらわ》にした。

ちょうどそのとき、机上の電話が鳴った。制作部長はすぐに受話器を摑み上げた。電話の遣り取りは短かった。

「江森君からだ。風邪《かぜ》で熱を出したとかで、きょうは休むらしい」

「そうですか」

「ちょっと熱を出したからって、すぐ欠勤するとはね。四十にもなって、まだ学生気分が抜けないんだろうか」

「高熱を出してるのかもしれないでしょ！」

「江森のことより、何なんだね？」

「部長、奥寺留衣の抱き心地《ごこち》はいかがでした？」

街風は前屈《まえかが》みになって、小声で揺さぶりをかけた。

天野が言葉を詰まらせ、意味もなく禿《は》げ上がった額《ひたい》を撫《な》でた。

「ホテルの名まで言いましょうか？」

「きみ、妙なことを言うんじゃないよ。わたしが何をしたって言うんだっ」

「人参《にんじん》をぶら下げて、美人脚本家をホテルに誘ったんでしょ？」

「わたしは、そんな品性下劣じゃない」

「それじゃ、ここに奥寺留衣を呼びましょう。彼女、部長に只乗りされたって、ひどく怒ってましたよ」

「き、きみは、このわたしを脅してるのか!?」

「そう解釈していただいても結構です」

「狙いは何なんだ？」

「別にありません。ただ、弱者も追いつめられたら、捨て身になるってことをお伝えしたかっただけですよ」

街風は薄く笑い、天野に背を向けた。

2

正午前だった。

街風は局の大道具部屋に足を踏み入れた。

一階の外《はず》れにあった。ふだんは人の出入りは少ない。そんなことで、ひところは社内恋愛中のカップルの密会場所になっていた。

だが、街風は女に会いに来たわけではない。制作部長の天野に呼び出されたのである。

街風は視線を泳がせた。

天野は奥の壁面セットの前に立っていた。

街風は天野に歩み寄って、開口一番に言った。

「わたしを殴る気にでもなったんですか？　腕力に自信はないが、売られた喧嘩は買いますよ」

「高校生じゃあるまいし、殴り合いなんかする気はない。きみと折り合えないかと思ったんだ」

「折り合う？」

「そうだ。黙って受け取ってくれ」

天野が上着の内ポケットから、銀行名の入った白い封筒を摑み出した。

「中身は金ですね？」

「ああ、そうだ。ちょうど百万入ってる。奥寺留衣に半分渡してくれ。あとの半分は、きみが自由に遣《つか》えばいい」

「口留め料としては、あまりにも安いな」

「しかし、留衣とはたったの一回しかあれをしなかったんだぞ。高級娼婦だって、一発五十万はとらんだろう?」

「娼婦と女流脚本家を一緒にはできないでしょう。奥寺留衣は精神的にも傷ついたはずです。その分の慰謝料も考えてやらないと、まずいでしょ?」

「待ってくれ。合意のセックスだったんだ。留衣を犯したわけじゃないぞ。それに、娯《たの》しんだのはわたしだけじゃない。彼女だって、三度もエクスタシーを味わったんだ。おかげで、わたしはベロが痛くなったし、顎関節症《がくかんせつしょう》になりかけた」

「部長自身も、クンニを娯しんだはずです」

「サービスだよ、相手に対するな。それより、金の上乗せはできんぞ。早く受け取ってくれ」

「わたしは恐喝屋じゃない。その金は受け取れません」

「そうか、きみの狙いがわかったぞ。リストラ対策に手を貸したくないんだな?」

「できれば、汚れ役は返上したいですね。リストラ対象者はそれぞれ優秀な局員ですし、わたしとも親しい者が多いですから」

「誰をリストから外せばいいんだ?」

「宮口を外してください。それから、いま番組宣伝《バンセン》をやらされてる元チーフ・ディレクターの関《せき》根肇《ねはじめ》も退職させるのは惜《お》しいな。ほかのリストラ候補の六人だって、斬りたくないですね」

「しかし、関根はアル中気味で、ギャンブル好きだ。生活の乱れが気になるな。三十五で独身というのも、ちょっと引っかかる」

「わたしは、部長の生活の乱れが気になりますね。おいしい話をちらつかせて、美人脚本家をホテルに誘ってたわけだから」

　街風は厭味《いやみ》たっぷりに言った。

「おい、あまりいい気になるなっ」

「もっと怒ってください。そうすれば、わたしも開き直る気になるでしょうから」

「きみは、家族を見捨てる気なのか？」

「そうはしたくないと思ってきましたが、会社に飼い殺しにされる人生も虚《むな》しいですからね。理不尽さに耐えられなくなったら、犯罪者の烙印《らくいん》を捺《お》されたってかまうもんかと考えるようになるでしょう」

「き、きみ、もっと冷静になれよ。宮口と関根の件は、常務に相談してみよう」

「染谷常務がわたしの提案を受け入れなかった場合は、警察に行くことになりそうだな。『フロンティア』の水増し請求の件とフェニックス・レコードに袖《そで》の下を要求したことも洗いざらい話すつもりです。もちろん、会社が善後策を講じたことも喋ります」

「き、きみ！　そんなことをされたら、関東テレビのイメージが汚《う》れてしまうじゃないかっ」

天野が声を張った。

「自分が破滅するというのに、会社をかばう義理はないでしょ？　たっぷり泥を被ってもらいます」

「きみが捨て身になりかけてることは、よくわかった。必ず常務に、きみの気持ちは伝えるよ」

「よろしく！」

「それはそれとして、この金は受け取ってほしいんだ。そうじゃないと、どうも落ち着かないんだよ」

「その金は奥寺留衣に直《じか》に渡したら、どうです？　彼女が金を受け取るかどうかはわかりませんがね。失礼します」

街風は言い放ち、大道具部屋を出た。

その足で社員食堂に行き、Bランチを頼んだ。食堂は割に混んでいた。空席を探していると、報道部の湧井が片手を高く掲《かか》げた。

湧井の隣席は空《あ》いていた。

街風は洋盆《トレイ》を捧《ささ》げ持ち、その席まで歩いた。湧井はラーメンを啜《すす》っていた。街風は、湧井のかたわらに坐った。

「その後、警察の動きに変化はないのか？」

「ああ、捜査は難航してるよ。山形さん殺しの犯人は、すぐにも捕まると思ってたんだがね」

「早く犯人が逮捕されてほしいな。そうじゃなきゃ、山形さんは浮かばれない」

「そうだな。話は違うが、『博通堂』の全額出資で来年の夏ごろ、番組制作会社が設立されるって噂があるんだ。知ってたか？」

湧井が問いかけてきた。

街風は首を横に振った。実際、初耳だった。

『博通堂』は広告代理店の最大手『電伝』に次ぐ会社だ。年商は『電伝』の三分の二程度だが、業界二番手の位置を何十年も護《まも》り抜いてきた。

「いよいよ本格的な多チャンネル時代に突入か。地上波も、うかうかしてられないな」

湧井がそう言い、ラーメンの汁を音をたてて飲んだ。街風はナイフとフォークを手に取った。

わが国のテレビ放送がはじまったのは、昭和二十八年である。昭和三十九年の東京オリンピックで、カラー・テレビのブームに火が点《つ》いた。現在のテレビ普及率は、ほぼ百パーセントだ。台数は、すでに八千万台を超《こ》えている。

衛星《BS》放送が登場したのは、昭和五十九年だった。手がけたのはＮＨＫである。世界に先駆けて開始された衛星放送だったが、電波の届きにくい地域もあった。そんなわけで、地上波の補助的なメディアと位置づけられてしまった。

ＮＨＫが本格的な衛星放送を開始したのは、平成元年のことだ。同じ年に、民間通信衛星《CS》のサービスがスタートし、衛星を用いたケーブル・テレビ《CATV》への番組配信がはじまった。

この流通ルートの確立によって、ケーブル・テレビの多チャンネル化時代の幕開けとなったわけだ。

平成五年にはCATVへの番組配信を家庭で直接、受信できるCSテレビ放送が実現化した。四年後には、パーフェクTVが日本で初めて衛星デジタル放送に乗り出した。

それを追うようにディレクTV、JスカイBといった放送サービス《プラットフォーム》運営会社が事業に参入した。そして平成十年五月、パーフェクTVとJスカイBが合併し、スカイパーフェクTVが生まれた。同社だけで、百チャンネル以上もある。もちろん、全国放送だ。ディレクTVを加えれば、チャンネル数は約三百五十にのぼる。

デジタルとは0と1だけを使って、文字、音声、映像などすべてのデータを表現する技術である。アナログ電送である地上波よりも、はるかに送信時間が短く、しかもコストが安い。

郵政省はそうしたメリットに注目し、地上波のデジタル化を二〇〇〇年以前にスタートさせたがっていた。

しかし、各民放局は必ずしもデジタル化を望んでいない。デメリットも大きいからだ。

デジタル化するには、一系列局当たり二千億円はかかると言われている。

在京のキー局はともかく、三十前後ある系列のローカル局にとって、各局七十億円近い投資は重い。小さなネット局は年間に一億円ほどの経営利益しか上げていないわけだから、あまりにも負担が大きすぎる。

しかし、アメリカやイギリスではおおむねデジタル化が実現している。結局、日本も追随する形になった。

「本格的な多チャンネル時代の到来は、広告代理店にとって、大きなビジネス・チャンスになる。これまでの地上波のCMに加えて、CSへの出稿も増えるわけだからね」

湧井がそう言い、煙草《たばこ》に火を点けた。

「そうだな。スポンサーの中には地上波への出稿を少なくして、CSへの広告費を多くするところも出てくるだろう。CSが全国をカバーしてることが脅威だよな。在京キー局のカバー・エリアは東京、神奈川、千葉、埼玉、茨城、栃木、群馬、それから山梨と静岡の一部にすぎない」

「そう考えると、スポンサーはかなり高い買物をしてるわけだ」

「ま、そうだな。衛星放送が主流になれば、ナショナル・スポンサーである大手自動車メーカーや家電メーカーはローカル局に発注してたスポットをやめて、CSで自社のCMを流すようになるだろう」

「そうなったら、各ローカル局は地元スポンサーのCMだけが頼りになるわけか。大変な時代になったな」

「ああ。キー局にしたって、他局と似たような番組を作ってたら、生き残れなくなるだろう。力のある番組制作会社の存在価値が高まって、アメリカのようにテレビ局と制作会社の力関係がイコールに近くなるかもしれない。『博通堂』はそのあたりのことを考えて、番組制作会社を子会社に持つ気になったんだろう。これからは地上波にしろ、CSにしろ、良質の番組を提供できるかどうかが生き残りのキーワードになる」

「だろうな。それから多チャンネル時代なら、制作会社自体が放送事業者になることも可能になる」

「そうだな。数年先には、テレビ業界は大きく変わるだろう」

「それは間違いない。『博通堂』だけじゃなく、最大手の『電伝』も番組制作に乗り出すだろうな。それで、各テレビ局の看板プロデューサーやディレクターの引き抜き合戦がはじまるんじゃないか。街風、おまえに引き抜きの話はきてないの？」

「残念ながら、そういう話はないな。年俸三千万も保証してくれりゃ、どんな会社にも移っちまうんだがね」

「この裏切り者め！」

「そうなったら、おまえをおれの鞄《かばん》持ちにしてやろう」

街風は軽口をたたいて、海老《えび》フライを食べはじめた。湧井が煙草の火を揉《も》み消し、勢いよく立ち上がった。

「これから、会議なんだ。何か新たな動きがあったら、街風に教えるよ」

「ああ、頼むぜ」

街風は軽く片手を挙《あ》げた。湧井がテーブルから遠ざかっていった。

昼食を摂り終えると、街風は制作部に戻った。天野の姿はなかった。

金沢にいる宮口から連絡が入ったのは、午後二時過ぎだった。

「何かわかったか？」

街風は声をひそめた。

「ええ、少しね。山形さんは、北日本テレビのスポット・デスクの新藤達教《しんどうたつのり》という男の交友関係や私生活を熱心に調べてたようです」

「その新藤という奴がCMの間引きをしたのか？」

「ええ、そうです。そんな不始末をしながら、新藤は降格されてないんですよ。局内の偉いさんとつながってるんですかね？」

「そう考えてもよさそうだな。そのスポット・デスクのことを詳《くわ》しく話してくれないか」

「はい。新藤は四十二歳で、三人の子持ちだそうです。それなのに、かなり金回りがいいらしいんです」

「そうか。北日本テレビのCMの取扱店は確か『電伝』だったな？」

「ええ、そうです。新藤は『電伝』の担当者に金で抱き込まれて、スポットを間引いてたんじゃないんですかね？　『電伝』にそれを頼んだのが関東テレビの偉いさんだったと考えれば、山形さんが消された説明がつくでしょ？」

「宮、そう結論を急ぐなって。とりあえず、新藤をマークしてみてくれ」

「そうするつもりでした。何かわかったら、また連絡します」

電話が切れた。

街風は受話器を置いた。ほとんど同時に、着信音が鳴った。受話器を取ると、女の声が確かめた。

「街風さんですね？」

「ええ。どなたです？」

「香山理佳と申します」

「えっ」

「やっぱり、わたしをご存じでしたわね。あなたの彼女をお預かりしていますの」

「彼女って？」

「おとぼけになって。アナウンサーの上松沙也加よ」

「なんだって!?」

「わたしの店、ご存じよね？　すぐに彼女を引き取りにきていただきたいの。いいわね？」

「彼女に何をしたんだっ」

「ご自分の目で、ご覧になれば。うふふ」

「答えてくれ。彼女に何をしたんだ？」

街風は叫ぶように言った。元アイドル歌手は笑い声を響かせただけで、黙って電話を切った。

どうやら沙也加は出勤途中に何者かに拉致され、ＳＭクラブ『ソドム』に監禁されたらしい。

彼女は、単に閉じ込められているだけなのか。そうではなく、すでに辱《はずかし》められてしまったのか。

理佳の背後には、染谷常務がいるにちがいない。

しかし、人質をとられた恰好《かっこう》だ。常務に殴りかかったりしたら、沙也加がどんな扱いを受けるか知れない。

（いまは、忍の一字だ）

街風は怒りを堪《こら》えながら、自席を離れた。

制作部を飛び出し、アナウンサー室に急いだ。沙也加の行方《ゆくえ》がわからないことで、大騒ぎになっていた。街風はエレベーターで地下駐車場に降りた。ジャガーに乗り込み、新宿に向かった。

目的の雑居ビルの近くに車を停《と》め、街風はトランクから手製の護身具を掴み上げた。三十号の錘《おもり》の付いたロッドだった。

それを腰の後ろに挟《はさ》み、雑居ビルに走り入った。

『ソドム』の扉《とびら》はロックされていた。拳《こぶし》で連打すると、ママの理佳が内錠を外した。

「最初に言っときますけど、少しでも手荒な真似をしたら、奥に控えてる男たちを呼ぶわよ」

「剃髪頭《スキン・ヘッド》の大男と顎《あご》の尖《とが》った男のコンビが、沙也加を拉致したんだなっ」

「さあ、どうでしょう？」

「彼女は、どこにいるんだ？　早く会わせてくれ」

街風は理佳を急《せ》かせた。

理佳が残忍そうな笑みを浮かべ、案内に立った。街風は後に従った。

導かれたのは、プレイ・ルームの一室だった。

街風は足を踏み入れたとたん、声をあげそうになった。沙也加は滑車で天井近くまで吊《つ》り上げられ、ぐったりとしていた。

全裸だった。性器には、グロテスクな性具が突っ込まれている。黒いバイブレーターが下に落ちないよう、粘着テープで内腿《もも》に留めてあった。モーター音は聞こえなかった。

「面白い写真を十カットほど撮《と》らせてもらったわ。女の体って、哀《かな》しいわね。こんなときにも、バイブレーターに反応しちゃうんだから」

理佳が冷ややかに言った。

街風は理佳を殴り飛ばしたい衝動を抑え、沙也加に歩み寄った。

「どうして、わたしがこんな目に遭《あ》わなきゃいけないの？」

沙也加が涙声で訴えてきた。

「すべてはおれの責任だ。すまないと思ってる」

「惨《みじ》めだったわ、死にたくなるほど」

「辛《つら》かったろうな」

街風は粘着テープをそっと引き剝《は》がし、黒いバイブレーターを抜き取った。握りの部分に、電池が入っているようだ。

街風は、黒い性具を理佳の足許《あしもと》に投げつけた。

弾《はず》みで、電源スイッチが入ってしまった。シリコン製の黒い人工ペニスがくねくねと動きはじめた。

理佳が下品な笑い声をあげ、バイブレーターを拾い上げた。スイッチは、すぐに切られた。

街風は滑車のロープを少しずつ緩《ゆる》め、沙也加を全身で抱きとめた。すぐさま手首のロープをほどき、理佳に言った。

「彼女の服と靴を持ってきてくれ」

「いいわ」

理佳がプレイ・ルームから出ていった。

「出勤途中に剃髪頭《スキン・ヘッド》の大柄な男と顎の尖った奴に拉致されたんだね?」

「ええ、局のすぐ近くで。強引に車に乗せられて、ここに連れ込まれたの」

「その二人は、奥の事務所にいるんだな?」

街風は小声で訊いた。

「ええ、おそらくね。でも、あいつらをどうこうしようなんて考えないほうがいいわ」

「なぜ？」

「剃髪頭《スキン・ヘッド》の男は拳銃を持ってるの。わたし、拳銃を見たら、全身が竦《すく》んでしまって……」

「訊きにくいことだが、男たちに何かされたのか？」

「レイプはされなかったわ。性具を挿入したのは、ママよ。男たちは面白がって、いろんなアングルから写真を撮っただけ」

「そうか」

「それから、例のCCDカメラは二台とも見つけられちゃったわ」

沙也加はそこまで言うと、急に激しく泣きはじめた。恐怖と屈辱感を与えられたことに対する悔し涙だろう。

街風は沙也加を強く抱きしめた。

嗚咽《おえつ》が熄《や》んだとき、理佳が戻ってきた。腕一杯に、沙也加の服やハンドバッグなどを抱えていた。

街風はまとめて受け取り、沙也加に一つずつ渡した。沙也加が体を斜めにし、手早く衣服をまとった。

「CCDカメラは記念にいただいとくわ。それから、忠告しておくわね。また、わたしの私生活を暴《あば》こうとしたら、あんたたち二人は死ぬことになるわよ」

理佳が言った。

「パトロンの染谷常務が、そう脅せと言ったんだな？」

「染谷ですって？　どこの会社の常務なの？」

「ふざけるなっ」

街風はバック・ハンドで、元アイドル歌手の顔面を殴りつけた。

理佳が吹っ飛んだ。まるで突風を喰らったような感じで倒れた。

「逃げよう」

街風は沙也加の手を取った。二人はプレイ・ルームを走り出て、そのまま出口に向かった。

プレイ・ルームで、理佳が喚《わめ》き声を上げた。

だが、事務室からは誰も出てこなかった。二人組の耳には、理佳の声は届かなかったのだろう。

街風と沙也加はエレベーターに飛び込んだ。

扉が閉まり、函《ケージ》が下降しはじめた。

二人は、同時に安堵《あんど》の息を洩《も》らした。

3

酒が苦い。

それでも、街風はテネシー・ウイスキーをストレートで呷《あお》りつづけた。馴染《なじ》みの店『オリンポス』だ。

十二月七日の夜である。月曜日だ。

「もう八杯目よ。きょうは、そのくらいにしておきなさいな」

カウンター越しに、ママが言った。

「飲まずにいられないんだ」

「街風ちゃん、何があったのよ?」

「きわめて個人的なことさ。ママに愚痴《ぐち》っても仕方がないことなんだ」

「悩みは誰かに話すことによって、だいぶ軽くなるものよ。なんの力にもなれないと思うけど、話してみて」

「いや、これはおれの問題なんだ。自分できっちり決着《オトシマエ》をつけるよ。しばらく独りにしておいてくれないか」

街風は言って、ラーク・マイルドに火を点けた。ママが肩を竦め、常連客の女流画家の前に移った。

いったん魂を抜かれた人間は、どこまでも堕《お》ちていくのか。このまま、精神が腐り果ててしまうのだろうか。もはや人間らしさを取り戻すことはできないのか。

沙也加が『ソドム』に監禁された翌朝、街風は常務室に呼ばれた。

染谷は何も言わずに、いきなり沙也加の全裸写真を見せた。滑車に吊るされている写真だった。

染谷は、宮口や関根を含めた八人を一日も早く退職に追い込めと迫った。

しかも、期限を切られてしまった。六日以内に八人のリストラ対象者の弱みを摑まなかった場合は、沙也加の淫《みだ》らな写真を局内に大量にばらまくとも脅された。

沙也加には、なんの罪もない。運悪く巻き添えにされただけだ。そんな彼女に、さらに苦しみを味わわせるわけにはいかない。

街風は脅しに屈した。

追いつめられ、リストラ対象者たちをスキャンダルの主役に仕立てる気になった。ただ、金沢に出かけた宮口は市内のビジネス・ホテルに一泊したあと、なぜか消息を絶《た》ったままだ。

街風は悪い予感を覚えた。宮口の安否が気がかりだったが、常務が口にした期限を無視するわけにはいかなかった。

街風は悩み抜いた末、自分の代わりに最も親しい同僚の江森に金沢に飛んでもらった。江森は丸二日駆けずり回ってくれたが、ついに宮口の居所はわからなかったらしい。

街風自身は、まず関根たち七人の受け入れ先を探した。『フロンティア』に泣きつき、関根の雇用を約束してもらった。『ホリゾント』には、強引に二名の受け入れを承諾させた。本多社長に状況が変わり、荻が制作部に復帰する可能性が消えたことを告げたのである。

させた。

残りの四人の受け皿は、なかなか見つからなかった。

やむなく街風は、汚い手を使うことにした。女性ADを妊娠させて棄《す》てた番組制作プロの社長を脅し、二人を雇《やと》うという確約をとった。大口脱税をしている音楽プロダクションに一名引き取らせ、所属タレントの独立を悪質な方法で阻《はば》んだ芸能プロダクションに残りのひとりを受け入れさせた。

リストラ対象者の再就職口を確保してから、街風は七人に罠《わな》を仕掛けた。

売れない女性タレントたちを使って、七人をセックス・スキャンダルの主に仕立てたのである。ひとり二十万円の報酬で雇った女たちには、それぞれ寝室にデジタル・カメラを仕掛けさせておいた。

街風は七人の情事場面をプリント・アウトし、きょうの午後、それらの写真を染谷常務に手渡した。

（関根たち七人は、いまごろ悔し涙を流しながら、退職願を書いてるだろう。とうとうおれは、会社のイヌに成り下がっちまった。屑《くず》だ、おれは人間の屑だっ）

街風は短くなった煙草の火を消して、頭髪を掻《か》き毟《むし》った。

ちょうどそのとき、店に江森が入ってきた。

街風は目顔《めがお》で挨拶した。江森が、かたわらのストゥールに腰かけた。

「やっぱり、ここだったな。ストレートで飲《や》ってるのか」

「早く酔っ払いたいんだ。しかし、なかなか酔えなくてな」

「あんまり深刻に考えるなよ。生きてりゃ、いろんなことがあるさ」

「しかし、おれは自分かわいさに仲間を陥れちまったんだ。下種《げす》野郎になってしまったよ」

街風は、またグラスを傾けた。

「組織の中で働いてりゃ、誰だって、不本意なことをやらされてるさ。おまえだけが辛い目に遭ってるわけじゃない」

「別に会社を恨んでるんじゃないんだ。卑《いや》しい人間になっちまった自分が赦せないんだよ」

「おまえは家族のために、常務たちに手を貸したんだ。出世したくて同僚を裏切ったんだったら、軽蔑《けいべつ》されるだろう。でも、そうじゃないんだ。だから、そんなに自分を責めるなよ。戦後最悪の不景気なんだから、どんな企業もリストラは避けられない。誰かを切り捨てなきゃ、関東《う》テレビ《ち》だって、競争社会で生き残れないんだ」

「しかし……」

「街風、そんなに悩むなって。おまえは七人の再就職先まで見つけてやったんだから、立派だよ。もっと堂々としてろって」

江森が街風の背中を叩き、ママに自分のボトルを持ってこさせた。ママが無言でバーボンの水割りを作りはじめた。

「それより、宮口のことが気がかりだよな。おれ、もう一度、金沢に行ってみようか？」

江森が小声で言った。

「いや、おれが明日、金沢に行ってみる」

「そうか。スポット・デスクの新藤達教の自宅の住所を書いたメモ、まだ持ってるよな？」

「ああ。おまえの話だと、新藤は『電伝』のCM担当者とちょくちょく会って、派手《はで》な接待を受けてたということだったよな？」

「ああ、北日本テレビの局員たちが何人もそう言ってた。新藤が重役の誰かと一緒に『電伝』に抱き込まれて、スポットの間引きをやってたことは間違いないよ。新藤はサーブの新車を乗り回してるんだ。安い給料じゃ、あんな車は買えないぜ」

「実は昼間、汐留《しおどめ》の『電伝』本社に行って、北日本テレビのスポット担当の営業マンに会ってきたんだ。小室茂満《こむろしげみつ》という男なんだが、彼は新藤とは一回会っただけだと言ってた。それも食事をしただけで、クラブには行ってないと言ってたよ」

「それは、おかしいな。小室は、おまえに嘘をついたんだろう」

「いや、嘘をついてるようには見えなかったな。ひょっとしたら、誰かが『電伝』の営業マンになりすまして、新藤に鼻薬を嗅がせたのかもしれない」

街風は推測を語った。

「そういう奴がいたとしたら、誰なんだろう？」

「考えられるのは、『博通堂』の社員だな」

「『博通堂』がライバルの『電伝』の失点を狙って、スポットの間引きをさせたってことか!?」

「ああ、そういうことだ。『博通堂』にとって、『電伝』は目の上のたんこぶだからな」

「しかし、いくら手強《てごわ》いライバルでも、そんな汚いことまではやらないだろう。おれは、そう思うね」

江森が言って、バーボンの水割りを半分近く喉《のど》に流し込んだ。

「さっきの江森の話じゃないが、長引いてる不況で、あらゆる企業が生き残ろうと必死になってる。そのぐらいのことはやりかねないだろう」

「そうだろうか」

「『博通堂』の社員が北日本テレビのCM間引き事件に関与してないとしたら、やっぱり関東テレビ《うち》の誰かが関わってるんだろう。殺された山形さんが金沢にちょくちょく出かけてスポット・デスクの新藤をマークしてたという事実を考えると、どうも後者臭いな」

「関東テレビ《うち》は、ネット局の北日本テレビを潰《つぶ》そうとしてるんだろうか?」

「そのあたりがはっきりしないんだが、宮口まで失踪してるんだ。関東テレビ《うち》の局の人間がCM間引き事件に絡《から》んでる疑いは濃いな」

「おまえの推理は見当外れのような気がするがなあ」

「とにかく、明日、金沢に行ってみるよ」

街風はグラスを空け、腰を上げた。

「帰るのか？」

「ああ」

「そんなに酔ってちゃ、車の運転は無理だよ。おれの車で家まで送ろう」

「大丈夫だ。少し夜風に当たってから、車に乗るさ」

「しかし、すぐに酔いは醒《さ》めないぜ」

「しばらく歩くよ。それじゃ、お寝《やす》み！」

街風は先に店を出た。

ジャガーは六、七十メートル先に駐めてあった。車に近づくと、暗がりから黒い影がぬっと現われた。

例の二人組の片割れか。

街風は身構えた。手製の護身具は、車の中だった。素手《すで》で、どこまで闘えるか。

不安だった。怖くもあった。しかも、かなりアルコールが回っている。逃げきることはできないだろう。

街風は肚《はら》を据《す》え、相手の出方を待った。

影が近づいてきた。意外にも、関東テレビの関根肇だった。

「おまえだったか」

「あんたを見損《そこ》なったよ。おれを誘惑した女が何もかも喋ってくれたんだ」

「あんた、いつから会社の手先になったんだっ」

「その質問には答えたくないな」

　街風は言った。

「その言い種《ぐさ》は何だっ。あんたの罠に嵌《は》められて、おれたち七人はきょう、リストラ退職を強《し》いられたんだぞ」

「おれを殴りに来たんだな？　だったら、気の済むようにしてくれ」

「なぜなんだ？　どうして、おれたちを陥れたんだよっ」

　関根が声を震《ふる》わせた。分厚い肩が上下に弾んだ。関根は学生時代に、アメリカン・フットボール部に属していた。体軀《たいく》は逞《たくま》しかった。

「点数を稼《かせ》ぎたかったのさ。だから、会社に協力したんだ」

「あんたは、常に高視聴率を稼いでるじゃないか。がつがつ点数なんか稼がなくたって、あんたがリストラの対象にされることはないだろうが。何があったんだよ？　場合によっては、おれたち七人はあんたの味方になる。もちろん、おれたちは組合の協力を得て、とことん会社と闘う」

「ということは、おまえたち、まだ辞表は書いてないんだな？」

「当たり前じゃないか。会社が一方的に解雇処分にする気なら、告訴も辞さない」

「そうか」

街風は複雑な気持ちになった。関根たち七人が退職しないとなると、常務はさらに脅しをかけてくるだろう。命令に背《そむ》けば、腹いせに沙也加の恥ずかしい写真を局内にばらまくかもしれない。

そうなることは困る。しかし、その一方で関根たち七人の勇気を称《たた》えたい気持ちもあった。また、自分の罪がほんの少しだけ軽くなったような気もしていた。

「もしかしたら、あんたも何かで会社に嵌められたんじゃないの？　そうなんでしょ？」

「そうじゃない。おれは四十代のうちに役員になりたいと思ってるんだ。だから、染谷に尻尾《しっぽ》を振ったのさ」

「嘘だ。あんたは、そんな男じゃない」

「関根、まだ人を見る目がないな。おれはな、出世欲に凝《こ》り固まった人間なんだよ」

「ほんとうに、そうなのか？」

「ああ」

「この野郎ーっ」

関根が吼《ほ》え、右のロング・フックを放ってきた。

街風は逃げなかった。奥歯をきつく噛みしめ、あえてパンチを受けた。

パンチは重かった。

骨と肉が鈍《にぶ》く鳴った。街風はよろけた。すかさずアッパー・カットで顎を掬《すく》われた。街風は大きくのけ反《ぞ》り、尻から舗道に落ちた。

関根が踏み込んできた。

足を飛ばす気らしい。街風は腕で顔面をガードし、腹筋に力を込めた。

だが、蹴られたのは左の肩口だった。街風は仰向《あおむ》けに引っくり返った。

倒れた瞬間、左の肘《ひじ》と後頭部を打った。しかし、痛みはそれほど強くなかった。

「あんたは、もう敵だっ」

関根は吐き捨てるように言うと、坂道を駆け上がっていった。

（これでいいんだ。あいつも、少しは気が済んだろう）

街風は身を起こし、服の埃《ほこり》をはたいた。

なんとなく腕時計を見た。十時四十分過ぎだった。

（大京町の香山理佳の自宅に忍び込んで、寝室にＣＣＤカメラを仕掛けるか）

街風はそう思いながら、ジャガーに歩み寄った。

車に乗り込んだとき、携帯電話が鳴った。ポケットフォンを耳に当てると、報道部の湧井の声が響いてきた。

「おい、宮口が殺されたぞ」

「なんだって!?」

「きょうの夕方、金沢市の犀川《さいかわ》の河原で宮口の腐乱しかけてる死体が発見されたんだ。絞殺だったらしい」

「なんてことなんだ」

「宮口は別の場所で殺され、きょうの明け方にでも河原に遺棄《いき》されたようだ」

「なぜ、そんな面倒なことをしたんだろう？」

「そいつは犯人に訊いてくれ。山形さんにつづいて宮口も殺されたとなると、これは単なる偶然じゃないな。局の関係者が二つの事件に関与してそうだね」

「おそらく、そうなんだろう」

「まだ詳しい情報は入ってきてないんだ」

「詳報が入ったら、また連絡を頼む」

街風は電話を切った。

何か重いものが胸にのしかかってきた。宮口を金沢に行かせたことをつくづく後悔した。しかし、もはや取り返しがつかない。宮口の亡骸《なきがら》は腐乱しかけていたという。おそらく彼はビジネス・ホテルをチェック・アウトした日か、その翌日に山の中かどこかで殺害されたのだろう。

スポット間引き事件のことを洗っていた山形と宮口が葬《ほうむ》られた。それは間引き事件に何か大きな裏があることを物語っているのではないか。

(金沢に行けば、何か摑めるだろう。明朝早く東京を発《た》つか)

街風はステアリングを強く握りしめた。

4

死体発見現場は、すぐにわかった。

その周囲には、無数の足跡が残っていた。犀川の河原である。数百メートル上流に、犀川大橋が架《か》かっている。

街風は屈み込み、湿った土の上に花束を置いた。金沢駅の近くにある花屋に立ち寄り、レンタカーでここまで来たのだ。

線香は買い忘れてしまった。

街風は煙草に火を点け、それを花束の上に凭《もた》せかけた。線香代わりだった。

（宮口、赦してくれ。おまえを殺した奴は必ず見つけ出す）

街風は合掌《がっしょう》しながら、胸底で呟いた。

その直後、銃弾の衝撃波が頭髪を薙《な》ぎ倒した。銃声は聞こえなかった。放たれた弾《たま》は川石に着弾し、川の中に落ちた。

街風は護岸に目をやった。

剃髪頭《スキン・ヘッド》の例の大男が消音器付きの自動拳銃を両手保持で構えていた。まだ午前十一時を過ぎたばかりだ。

実に大胆な犯行だった。それだけ、敵は心理的に追い込まれているのだろう。

街風は横に走って、ひとまず繁みに逃げ込んだ。

二弾目が足許の砂利《じゃり》を撥《は》ね跳《と》ばした。一瞬、心臓がすぼまった。

街風は恐怖心を捩《ねじ》伏せ、また横に走った。すぐさま三弾目が疾駆《しっく》してきた。今度は、的《まと》から大きく逸《そ》れていた。

残弾は何発なのか。

大柄な男は河原に降りる気になるかもしれない。そうなったら、川の中に入り、対岸まで逃げなければならなくなるだろう。

街風は、護岸の敵の動きを見守った。

不意に車のホーンが高く鳴った。すると、大男が慌《あわ》てた様子で護岸から離れた。誰かに犯行現場を見られたのだろう。

ホーンで合図したのは、相棒の顎の尖った男と思われる。二人組は東京から尾行してきたのだろう。

少しすると、護岸の向こうから車の発進音が聞こえた。二人組が犯行現場から遠ざかったにちがいない。

街風は迂回《うかい》し、護岸の向こう側に降りた。

怪《あや》しい車は見当たらなかったが、五、六人の野次馬が河原を覗《のぞ》き込んでいた。

街風は借りた白いビスタに走り寄り、大急ぎで車をスタートさせた。住宅街を抜け、所轄の金沢中署に向かった。

五分ほどで、目的の警察署に着いた。

街風は受付で身分を明かしたが、捜査員には会わせてもらえなかった。ただ、午後一時過ぎに金沢大学附属病院で宮口の司法解剖が行なわれることは、あっさり教えてくれた。解剖が終わったら、遺体は東京に搬送されるらしい。

街風はビスタに乗り込み、兼六園《けんろくえん》の方向に進んだ。

兼六園は日本三名園の一つで、金沢の観光名所だ。金沢城跡と百間堀《ひゃっけんぼり》通りを挟んで、小立野《こだつの》台地の一角を占めている。

江戸時代の代表的な池泉回遊《ちせんかいゆう》式庭園で、約一万二千本の樹木が植わっている。街風は新婚時代に妻にせがまれ、わざわざ雪化粧した兼六園を訪れたことがあった。春奈はしきりに美しさを称えていたが、彼は寒かったことだけを鮮明に記憶している。

百間堀通りを左に折れ、香林坊《こうりんぼう》に出た。

金沢一の繁華街だ。宮口が一泊したビジネス・ホテルは、香林坊に隣接した高岡町《たかおかちょう》にあった。

街風はホテルの駐車場にビスタを入れ、フロントに足を向けた。フロントには、初老の男がいた。

街風は自己紹介し、宮口のことを訊いた。フロントマンは宮口のことをよく憶《おぼ》えていた。

「あの方が殺されただなんて、いまだに信じられません。東京のテレビ局の方でしたので、とても印象深かったんです」

「そうですか。宮口がチェック・アウトするまでに何か変わったことはありませんでしたか?」

「これは警察の方にも申し上げたのですが、宮口様がチェック・アウトされる数時間前から妙な二人組がホテルの前を行ったり来たりしてたんです」

「その二人の特徴を教えていただけますか?」

「はい。ひとりは毛糸の帽子を被ったレスラーのような大きな男でした。もう片方は細身で、顎が尖ってましたね。どちらも、やくざっぽい感じでした」

「そうですか」

街風は短く応じた。例の二人組と考えてもよさそうだ。ホテルマンと目が合った。

「ほかに何か?」

「宮口様から妙なことを訊かれました。ホリデーイン金沢、金沢都《みやこ》ホテル、金沢スカイホテル、金沢ニューグランドホテルといった一流ホテルに知り合いはいないかと……」

「どういうことなんでしょう?」

「宮口様は、それぞれのホテルの宿泊者カードをチェックしたい、とおっしゃられていました。あちこち知り合いはおりますが、ご紹介することはいたしませんでした。相手が刑事さんなら、ご紹介したかもしれませんけどね」

「ええ、わかります。ほかには?」

「あとは市内の高級クラブや料亭の名を訊かれたくらいでしょうか」

「それで、あなたはお教えになられたんですね?」

「はい。宮口様は一軒ずつ店名をメモされておりました」

フロントマンがそう答えたとき、カウンターの電話機が着信音を奏《かな》ではじめた。街風は礼を言って、ホテルを出た。

どうやら宮口は、スポット・デスクの新藤達教を抱き込んだ人物を割り出す気でいたらしい。市内のホテルや飲食店を回っている途中、例の二人組に取っ捕まり、どこか人気《ひとけ》のない場所で殺害されたのだろう。

街風はビスタを北日本テレビに向けた。

関東テレビのネット局は、金沢大学裏手の官庁街の外れにある。十分ほどで、北日本テレビに着いた。

在京のキー局の建物よりも、ずっと小さい。局の敷地も狭かった。街風はレンタカーを局内の来客用駐車場に入れた。

局員用の駐車場は、少し離れた場所にあった。そこまで、大股で歩く。

サーブは造作《ぞうさ》なく見つかった。薄茶のスウェーデン製のセダンは、ほぼ中央に駐めてあった。

まだ新車に近い。

街風はサーブに近づいた。あたりに人目がないことを確かめ、硬貨で車体に傷をつけた。すぐにサーブから離れ、局の玄関ロビーに歩を進めた。右手に受付があった。

「いま、中学生ぐらいの坊主が駐車場に駐めてあるサーブの車体を傷つけて、逃げていきましたよ。車の持ち主に教えてあげたほうがいいんじゃないかな」

街風は、二十二、三の受付嬢に言った。

受付嬢が礼を言い、すぐさまクリーム色の電話機に腕を伸ばした。街風は表に出て、局員用の駐車場に戻った。車の陰に身を潜《ひそ》める。
三、四分経《た》ったころ、局の表玄関から四十年配の色の浅黒い男が走り出てきた。
男はサーブに駆け寄り、車体を舐《な》めるように点検しはじめた。すぐに傷に気がつき、舌打ちした。

街風は四十絡みの男に歩み寄った。

「車体を傷つけた坊主は、自転車で逃げていきましたよ」

「おたく、見てたの？」

「ええ、まあ」

「だったら、どうして取っ捕まえてくれなかったんですっ」

男が忌々《いまいま》しげに言った。

「いまの中学生はバタフライ・ナイフなんか持ってるからね」

「しかし、相手は子供でしょうが」

「最近のガキはキレやすいから。ところで、あなた、スポット・デスクをやってる新藤さんでしょ？」

「そうだが、おたくは誰なの？」

「関東テレビ制作部の街風です」

「キー局の方でしたか。ぞんざいな口をきいてしまって、失礼しました」

「いいえ、お気になさらずに」

「こちらには、どのようなご用でお越しになられたんです？」

「古傷に触れるようで申し訳ないが、スポット間引き事件に興味がありましてね。同じように事件に関心を持ってた関東テレビの山形勇と宮口修司の二人が相次いで殺害されてしまった。なぜなんですかね？」

街風は含みのある言い方をした。

「それがなんだというんですっ。わたしには関係のないことでしょ！」

「そうですかね。間引き事件が発覚しても、新藤さん、あなたは降格もされていない。それは、なぜなんです？　そのことが不自然に思えて仕方がないんですよ。おそらくＣＭの間引きは、局の上層部のどなたかもご存じだったんでしょう。それから、これは単なる推測に過ぎませんが、スポットの間引きは社外の人間に頼まれたんでしょ？」

「何を言い出すんですっ。間引きは、『電伝』の担当者とわたしの単純なミスが運悪く重なって、スポンサーに迷惑をかけることになってしまっただけですよ」

「単純なミスが重なったぐらいで、人間が二人も殺されますかね？　はっきり言いましょう。CMの間引きは、『電伝』の人間を装《よそお》った男を通して、関東テレビの役員クラスの人間に頼まれたんでしょ？　その報酬として、あなたは現金とサーブを貰った。共犯のお偉《ちか》いさんは、メルセデス・ベンツでもプレゼントされたのかな？」

「おたく、無礼すぎるぞ。なんの根拠があって、わたしを罪人《ざいにん》扱いするんだっ」

新藤が気色《けしき》ばんだ。だが、浅黒い顔からは血の気が消えていた。

「正直に話してくれませんかね。わたしは、山形と宮口の二人を始末させた奴を知りたいだけなんだ。別にあんたたち、北日本テレビの人間を弾劾《だんがい》する気はないんだよ」

「おたく、自分の言ってることがわかってるのかっ。これは人権問題だぞ。証拠もないのに、人を犯罪者扱いして」

「なんでしたら、名誉毀損《きそん》で訴えてもかまいませんよ」

街風は挑発した。

次の瞬間、新藤が頭を低くして、猛《たけ》った闘牛のように勢いよく突進してきた。

街風は腹に頭突きを浴びせられ、尻餅《しりもち》をついた。ほとんど同時に、胸板を蹴られた。一瞬、息が詰まった。

街風は横倒れに転がり、長く唸《うな》った。苦しくて、うまく呼吸もできない。

新藤があたふたとサーブの運転席に乗り込み、エンジンをかけた。車で逃げる気らしい。

街風は起き上がった。

そのとき、サーブが急発進した。危《あや》うく撥《は》ね跳《と》ばされるところだった。

街風はビスタに駆け寄り、せっかちにロックを解いた。サーブは局の敷地から車道に降りかけていた。

街風はレンタカーを走らせはじめた。

サーブは尾張町《おわりちょう》一丁目を走り抜け、国道一五九号線に入って浅野川《あさのがわ》方面に向かった。犀川とは逆方面だ。街風は追った。サーブは浅野川大橋を渡り、寺院の多い横道に入った。東山《ひがしやま》二丁目だった。

街風は、新藤の車を追尾しつづけた。

サーブは寺町《てらまち》を猛スピードで走り抜けると、小高い丘に差しかかった。卯辰山《うだつやま》公園の麓《ふもと》のあたりだった。

標高百四十一メートルの卯辰山一帯は、公園になっている。山頂からは、金沢市街地の家並《やなみ》や白山《はくさん》連峰が望める。公園の一隅には、徳田秋声《とくだしゅうせい》の碑があるはずだ。

街風は妻と金沢を訪れたとき、一緒に山の頂《いただき》近くまで登った。白銀に包まれた四方の眺望は、どこか詩的だった。

前方で、衝突音がした。

サーブが山裾《やますそ》の繁みに突っ込んだのだ。新藤が運転席から出て、山の中に逃げ込んだ。

街風はビスタを路上に停め、助手席に置いたトラベル・バッグから手製の護身具を取り出した。

ロッドは二本だった。片方には、三十号の錘《おもり》が付いている。もう一方の仕掛けは、大型のリバイバー・スプーンだ。フックは鋭く尖らせてある。

街風は二本のロッドを手にして、車を降りた。新藤を追って、卯辰山の中に入る。師走《しわす》だからか、公園はひっそりとしていた。人の姿は見当たらない。

中腹のあたりで、新藤の後ろ姿が視界に入った。三十メートルは離れていないだろう。

街風はロッドを振った。

三十号の錘は、標的の右の脹《ふく》ら脛《はぎ》に命中した。新藤が前のめりに倒れた。街風はラインを素早く巻き取った。

新藤が振り向き、ぎょっとした。立ち上がって、ふたたび走りだした。

街風は、また錘を飛ばした。

今度は後頭部に当たった。新藤が頭に手を当て、その場にうずくまった。

街風はリールを手早く回し、新藤に駆け寄った。ラインを短く持ち、錘で相手の頭や肩口をたてつづけに十回ほど撲《う》った。

「もうやめてくれーっ」

新藤が音《ね》を上げた。

「CMの間引きには、裏があるんだなっ」

「ああ、頼まれたんだよ。局の相合《あいそう》編成部長に頼まれたんだ。相合部長は、おそらく関東テレビの……」

「誰なんだっ」

街風は声を高めた。

そのとき、鋭い風切り音がした。新藤が動物じみた声をあげ、棒のように倒れた。五十センチほどの長さの矢が完全に首を射抜《いぬ》いていた。

新藤は少しの間、全身を痙攣《けいれん》させ、そのまま息絶えた。洋弓銃《クロスボウ》の矢だった。

またもや空気が切り裂かれた。

二の矢は街風を狙っていた。街風は身を伏せ、樹間を透《す》かして見た。
七、八メートル先に、草色の登山帽を目深《まぶか》に被った男がいた。オレンジ色のゴーグルをかけている。そう若くはなさそうだ。
男が洋弓銃に三の矢を番《つが》え、弦《つる》をユニバーサル・フックに掛けた。照準器《サイト》付きだった。

街風は立ち上がって、すぐさまキャストした。

放った三十号の錘は、洋弓銃の弓弦《ゆみづる》に絡みついた。男がラインをナイフで切断した。街風は後ろに倒れそうになった。

辛《かろ》うじて踏みとどまり、左手のロッドを右手に持ち換えた。ロッドを振り下ろす。

リバイバー・スプーンは一直線に宙を泳ぎ、男の右腕のどこかに引っかかった。すかさず街風はロッドを起こした。

男が呻いて、リバイバー・スプーンの鉤《はり》を乱暴に引き抜いた。街風はラインを巻き揚《あ》げはじめた。

だが、すぐに小枝に引っかかってしまった。

ロッドを横に振って、フックを外しにかかる。一度では外れなかった。二度目で、リバイバー・スプーンを取り込めた。

その隙《すき》に、新藤を殺した犯人は山の斜面を駆け降りはじめていた。街風は樹間を縫《ぬ》いながら、必死に追った。

だが、途中で男を見失ってしまった。園内をくまなく検《しら》べてみたが、犯人はどこにもいなかった。

リバイバー・スプーンの錨《いかり》の形をした鉤には殺人犯の血が付着していた。

（あと一歩だったのに……）

街風は徒労感を覚えながら、レンタカーに足を向けた。

翌々日の午前中である。

街風は、宮口の告別式に列席していた。すでに出棺の準備は整えられていた。街風は宮口家の前の路上に並んだ。品川《しながわ》区の豊町《ゆたかちょう》だ。

新藤の事件はマスコミで大きく取り上げられたが、これといった手がかりは得られなかった。その後、山形や宮口の事件の捜査もいっこうに進展していない。

葬列に加わった直後、フォーマル・スーツに身を包んだ沙也加が軽く街風の背中を突ついた。その意味は、すぐにわかった。

二人は、参列者たちから少し離れた場所に並んで立った。

「染谷に関する情報をいろいろ入手したわよ」

「どんな？」

「まず常務は、副社長に将来性がないと判断したらしく、はっきりと距離を置くようになったそうよ」

「社長派に鞍替《くらが》えする気なんだな」

「そうでもないみたいよ。『博通堂』の役員たちとたびたび会食してるって噂があるから、もしかしたら、局を辞《や》める気でいるんじゃない？　何か思い当たることがある？」

「報道部の湧井の情報によると、『博通堂』は直系の番組制作会社を設立する気らしいんだ」

「それじゃ、社内の派閥闘争に敗れた染谷は子分の天野制作部長や松尾総務部長を引き連れて、その子会社に移る気なんじゃないのかしら? 多チャンネル時代になったら、ソフトの質が勝負になってくるから」

沙也加が言った。

街風は曖昧《あいまい》なうなずき方しかできなかった。

沙也加の推理通りだとしたら、染谷たちはリストラに熱心になる必要はないはずだ。常務は転職ぎりぎりまで、関東テレビの〃忠犬〃であることを局員たちに印象づけたかったのだろうか。

それだけではなさそうだ。染谷たちはネット局斬りとリストラで点数を稼ぎ、社長派に鞍替えする気もあったのではないか。それが成功しなかった場合は、転職する気だったのかもしれない。

そう考えれば、染谷が『博通堂』の役員たちとたびたび会食していたという話はわかる。

染谷は転職の手土産《てみやげ》として、ローカル局のCM間引きを仕組み、『博通堂』の宿敵『電伝』の信用を失墜させようとしたのではないか。北日本テレビの相合編成部長とは、旧知の間柄だったのかもしれない。

同じように染谷常務は福岡の北九州放送の幹部社員を抱き込み、スポット・デスクに『電伝』扱いのスポットを間引かせたのだろうか。

山形と宮口が事件のからくりを暴《あば》きそうになったため、染谷は二人組に始末させたのか。さらに犀川の川辺で、街風も殺害させる気だったのだろう。

（二人組は、おれを消し損なった。それで、洋弓銃《クロスボウ》の男がスポット・デスクの新藤の口を封じ、ついでにおれも殺《や》る気になったんだろうか）

街風は推理の翼を拡《ひろ》げた。

沙也加が横を向き、誰かに目礼した。街風は首を振った。湧井が立ち止まるなり、街風に低く言った。

「うちの系列の新聞社の金沢支局に移った元スタッフの情報なんだが、宮口君が金沢に出かけた日、市内で江森を見かけたって言うんだよ」

「それは、おかしいな。その日、江森は風邪で欠勤したはずなんだ」

「ふうん。でも、確かに江森だと言うんだよ。それからな、その支局員はおとといの午後も、金沢駅で江森の姿を見たらしいんだ」

「他人の空似《そらに》なんじゃないのか」

「そうかな？」

「きっとそうだよ」

街風は言葉に力を込めた。

そのすぐあと、近くに一台のタクシーが停まった。客は江森だった。江森は白い三角巾《さんかくきん》で、首から右腕を吊っていた。

「腕、どうしたんだ？」

湧井が江森に声をかけた。

「きのうの朝、家の中で蹴つまずいて、右腕を骨折しちまったんだ。それで、石膏《せっこう》ギプスなんかされちゃったんだよ」

「ドジだな。そうそう、おまえ、おととい金沢に行かなかった？」

「行ってないよ。おとといは女房が体調を崩したんで、おれが会社を休んで、おさんどんしてたんだ」

「そうだったのか。なら、毎朝《まいちょう》日報の金沢支局にいる元関東テレビの記者が見た男は別人だったんだろう。そいつ、金沢駅でおまえを見たって言うんだよ」

「おれは、ずっと東京にいた。金沢になんて、絶対に行ってないっ」

江森が語気を荒らげた。すぐに彼は、湧井に感情的な物言いをしたことを謝った。

（いつもの江森らしくないな）

街風は、そう思った。そのとき、不意に江森が学生時代にアーチェリー部にいたことを思い出した。洋弓銃を使った男は、江森だったのか。そう考えたとたん、背筋が凍った。

宮口の家から柩《ひつぎ》が運び出された。柩は霊柩車に納《おさ》められ、ゆっくりと火葬場に運ばれていった。縁者を乗せたセダンやマイクロ・バスが霊柩車の後につづいた。

見送りの弔問客が一斉《いっせい》に頭を垂れた。街風も、それに倣《なら》った。大事な野辺《のべ》の送りだったが、頭の中は江森のことで塞《ふさ》がれていた。

同期で最も親しくしていた男が敵側の人間だったのか。それが事実だとしたら、あまりにも哀しい。欺《あざむ》かれた怒りも大きかった。江森が内通者だとしたら、春奈に電話で沙也加のことを教えたのは彼にちがいない。むろん、街風の弱みを染谷にリークしたのも江森だろう。

江森が自分に洋弓銃の矢を向けたとは思いたくない。しかし、彼に対する疑惑は打ち消せなかった。それどころか、膨《ふく》らむ一方だった。

参列者が散ると、街風はジャガーに江森と沙也加を乗せ、局に戻った。

江森を尾行してみる気になったのは、夕方だった。街風はメイク室に行き、長髪のウィッグを借りた。そのついでに、メイク係のスタッフのオフ・ブラックのインテグラも貸してもらった。

夕闇が濃くなると、街風はインテグラを局の斜め前に回した。むろん、ロング・ヘアの鬘《かつら》も被っていた。

江森が局の表玄関から現われたのは、七時半ごろだった。彼は表通りまで歩き、タクシーに乗った。

街風は、そのタクシーを慎重に尾《つ》けた。タクシーが停まったのは、紀尾井町《きおいちょう》にある料亭だった。

江森は料亭の車寄せで待つ数人の男たちに丁寧《ていねい》な挨拶をし、彼らと笑顔で語らいはじめた。男たちは『博通堂』の社員なのか。

それから数分の間隔を置き、三台のタクシーが次々に料亭に横づけされた。タクシーの客は、染谷、天野、松尾の三人だった。

染谷たちは笑顔で迎えられ、ひと塊《かたまり》になって料亭の中に消えた。江森も一緒だった。

街風は十分ほど経ってから、料亭の中に足を踏み入れた。下足番の老人が玄関先に打ち水をしていた。痩《や》せた男だった。

街風は七十年配の下足番に一万円札を握らせ、染谷たちのために一席設けた会社名を喋らせた。やはり、『博通堂』だった。

（これで、陰謀の構図が見えてきたな）

街風は車に戻り、江森の自宅のある目黒区《めぐろ》緑《みどり》が丘《おか》に向かった。先回りして、帰宅する江森を締《し》め上げる気になったのだ。

道路は渋滞気味だったが、江森の家には四十分ほどで着いた。親の援助を受けて建てた家屋は、豪邸と呼んでも差し支《つか》えないだろう。

街風はインテグラを三十分置きに移動させながら、午後十時まで車の中にいた。

その間に、手製のスナッピング・ブラックジャックに四十号の錘をセットした。スエード・ジャケットの右ポケットには超小型録音機を忍ばせた。

街風は車を降り、江森邸の向かいの家の生垣《いけがき》にへばりついた。好都合なことに、太いコンクリートの電信柱が近くにあった。

十二月の夜気は凍《い》てついていた。

吐く息が、たちまち綿菓子のように固まる。街風は足踏みをしながら、辛抱《しんぼう》強く待ちつづけた。

タクシーが江森邸の前に停まったのは、十一時十分ごろだった。

江森が車を降りた。タクシーが動きはじめた。

街風はポケットに手を突っ込み、超小型録音機の録音スイッチを入れた。江森が三角巾をした右腕でビジネス・バッグを抱え、左手でキー・ホルダーを抓《つま》み出した。

「江森！」

街風は呼びかけた。

江森が体ごと振り向いた。街風はロッドを振り下ろした。ラインが走り、錘が江森の右腕に当たった。

最初にビジネス・バッグが落ちた。次いで、三角巾から石膏のかけらが江森の足許に零《こぼ》れた。

「街風、なんのつもりなんだっ」

「もう芝居はやめろ」

「な、何を言ってるんだ!?」

江森が反撃の姿勢を見せた。

街風はロッドを何度も振った。的は外さなかった。

不意に江森が逃げようとした。

街風は踏み込んで、江森の腰を蹴った。江森が路上に転がった。街風は江森の右腕を摑んで、門灯の光に翳《かざ》した。

腕には、くっきりと引っ掻《か》き傷が残っていた。リバイバー・スプーンの鉤の数と痂《かさぶた》の数は、ぴったり合致した。

「北日本テレビのスポット・デスクの新藤を洋弓銃《クロスボウ》で殺したのは、おまえだなっ」

「そうだよ」

江森は観念した口調だった。

「山形さんと宮口を殺したのは、剃髪頭《スキン・ヘッド》の大男と顎の尖った男の二人だな？　あの二人は、どこの組の者なんだ？」

「関東俠友会《きようゆう》橋場《はしば》組の組員さ。でっかいほうが中野って奴で、山形勇を始末したんだ。もうひとりは愛川って名で、そいつが山の中で宮口を始末したんだよ。常務が二人を雇ったんだ」

「なぜ、宮口の遺体をわざわざ犀川の河原に移したんだ？」

「山形と宮口の二人が殺害されたと知ったら、おまえがビビると思ったからさ。静香ちゃんの件は、一種の警告だったんだ」

「染谷が北日本テレビと北九州放送の局員を抱き込んで、スポットの間引きをさせた。それで『電伝』の信用をダウンさせたのは、いずれ『博通堂』が百パーセント出資する番組制作会社に子分どもを引き連れて移るつもりだったからだなっ。染谷はローカル局斬りとリストラで点数を稼ぎ、なんとか社長派に寝返る気でいた。しかし、鞍替えできるという保証もない。で、染谷は二股をかける気になって、『博通堂』のために手土産も用意してた。そうなんだな？」

「やっぱり、そこまで知ってたか。その通りだよ。天野部長や松尾部長と一緒に、おれも染谷常務についていくことになってたんだ」

「なぜ、おまえまで？」

街風は問いかけた。最も知りたい疑問だった。

「同期入社の連中にはひた隠しにしてたんだが、おれは常務のコネで関東テレビに入ったんだ。常務の奥さんとおれの親父は、はとこ同士なんだよ。またいとこってやつだな」

「そうだったのか」

「常務の引きがなかったら、おれは筆記テストで落ちてただろう。縁故入社だったから、おれは常務の茶坊主にならざるを得なかったんだ。しかし、職場では、ずっとよそよそしく振る舞ってきた。だから、街風にも覚《さと》られなかったんだろう」

「おまえが染谷の言いなりになったことは、よくわかった。しかし、なんでおれまで殺そうとしたんだ？」

「それはな、おまえがおれのコンプレックスを掻き立てる存在だったからさ。おれはドラマ制作に携《たずさ》わりたくて、コネを使ってまでテレビ局に入ったんだ。しかし、いくら待ってもワイド・ショーやバラエティ番組ばかりやらされるだけだった。常にドラマで高視聴率を稼いでる街風が妬《ねた》ましくて仕方なかったよ。おまえが左遷されれば、おれはドラマ・プロデューサーになれるかもしれないと考えたんだ」

「で、おれの身辺を密《ひそ》かに嗅ぎ回って、『フロンティア』に制作費の水増し請求をさせたことやフェニックス・レコードに袖の下を要求したことを……」

「そうだ。それから、上松沙也加と不倫関係にあることもな。奥さんに電話をしたのは、おれだよ。おまえの弱みを常務にリークしたとき、『博通堂』の子会社の話が出たのさ。そのころ、常務は社長派に寝返れないかもしれないと思いはじめてたようだが、リストラで大きな点数を稼ごうとしたのは、できれば関東テレビにいたかったからなんだ。鞍替えに失敗したら、転職することになってたんだよ。常務が社長で、天野さんと松尾さんは取締役になるって話だった。おれは、ドラマ・プロデューサーにしてもらえることになってたんだ。それで念願は叶《かな》うわけだが、この業界に街風がいる限り、おれはスター・プロデューサーにはなれないと思った。だから、新藤の口を封じるついでに、そっちも殺《や》る気になったのさ」

江森が言った。

「そうだったのか。染谷は、北日本テレビの相合編成部長をまず抱き込んだんだな？」

「ああ。会社の金をうまくごまかして、常務が相合に三千万円渡したんだ。そのうちの一千万は、新藤に渡ったはずだよ」

「同じようにして、染谷は北九州放送の幹部社員とスポット・デスクに鼻薬を嗅がせたわけか」

「そうだ。おまえが福岡まで行ったら、北九州放送の協力者たちも始末することになってたんだよ」

「最後に確かめておこう。二股作戦のシナリオを練ったのは、染谷なんだな？」

「そうだよ。天野さんや松尾さんは、それに同調しただけさ。それから、おまえが荻真人を怪しむように仕向けてくれと、おれに……」

「ロシア人のコール・ガールの件は、おまえのアイディアだったのか？」

「あれは、天野部長の入れ知恵だったんだ」

「常務たちも江森もおしまいだな」

街風は上着のポケットから超小型録音機を摑み出し、停止ボタンを押した。

「おれを警察に売るのか!?　おい、友達じゃないか」

「昔は確かに友達だった。しかし、いまはそうじゃない」

「街風、目をつぶってくれ。全財産をやるから、その録音テープを譲ってくれーっ」

江森が立ち上がって、懸命に哀願した。

「断る」

「おれの人生は……」

「自首するんだ。そうすれば、少しは罪が軽くなるだろう。おれが一緒に警察まで行ってやる」

街風は江森のベルトを摑み、インテグラまで引きずっていった。

江森は駄々っ子のように暴れたが、強引に助手席に乗せた。顔面にパンチを浴びせると、おとなしくなった。

街風は素早く運転席に入り、インテグラを発進させた。

表通りに出ると、江森が涙混じりに言った。

「おれが刑務所暮らしをしてる間、女房や子供はどんなに辛《つら》い思いをするか。やっぱり、自首はできないよ」

「逃亡させろって言うのか？」

「逃げたところで、いずれ捕まるだろう。そうなったら、もっと惨めだよ」

「死ぬ気なのか!?」

「それしかないじゃないか」

「罪の償《つぐな》いをせずに、あの世に逃げるのは卑怯《ひきよう》だ」

「わかってる、わかってるよ。しかし、おれが服役中、家族はずっと人殺しの女房や子であることを意識させられるんだ。おれが、この世から消えてしまえば、家族は別の土地で新たな生活ができるかもしれない」

「……………」

「おまえも所帯持ちなら、おれの気持ちはわかるよな？」

「わかるが、昔の友人の自殺シーンなんか見たくない」

「昔、友人だったと思ってくれてるんだったら、おれに生き恥をかかせないでくれ」

「いいだろう。昔、友達だった奴が泣いて、そこまで言うんだったら……」

街風はステアリングから片手を離し、助手席のドア・ロックを解除した。

江森がシート・ベルトを外す。街風は加速し、右側に車を寄せた。片側二車線だった。

後ろから、四トンのコンテナ・トラックがかなりの速度で走ってくる。江森が助手席のドアを細く開けた。

「奥さんに伝えることは?」

街風は訊いた。

「ごめん。そう言ってたと伝えてくれ」

「わかった」

「あの世で会えたら、親友《マブダチ》になろう」

江森がドアを大きく開け、頭から転がった。

街風は左に体を傾け、ドアを手繰《たぐ》った。

そのすぐあと、鈍《にぶ》い衝突音がした。コンテナ・トラックのブレーキ音が響き、江森が高く撥ね上げられた。

(友よ、さらば……)

街風はハザード・ランプを灯《とも》し、路肩いっぱいに車を寄せた。

江森がすぐ目の前に叩きつけられた。そのまま身じろぎ一つしない。首が捩曲がり、折れた脚は蟹《かに》を連想させた。

街風は溜息《ためいき》をつき、ヘッドライトを消した。

エピローグ

スタジオの空気が張り詰めた。

街風は合図《キュー》を出した。『明日通りのメランコリー』の最終回のスタジオ最終収録がはじまった。

クリスマス・イブだった。

街風はチーフ・ディレクターだった宮口の代わりに演出を担当していた。といっても、宮口の遺《のこ》した演出プラン通りに出演者たちに演技指導をしたにすぎない。

最終回とあって、どの出演者にも熱気が感じられた。街風はディレクター・チェアに腰かけ、じっと演技を見守りつづけた。

染谷は一週間ほど前に、殺人教唆罪《きょうさざい》で逮捕されていた。殺人実行犯の二人組も、それぞれ所轄署に留置されている。

街風は染谷が逮捕される前々日に、三千万円の口留《ど》め料をせしめていた。『オリンポス』のママを使って、録音テープで揺さぶりをかけたのである。

むろん、ママは正体を摑《つか》まれるようなへまはやらなかった。染谷に渡したのは、ダビング・テープだった。

脅《おど》し取った金の半分を山形と宮口の遺族にこっそり渡すつもりだったが、思い直した。汚れた金を〝香典〟にしたら、死者たちの魂まで穢《けが》れてしまうような気がしたのである。沙也加には、〝迷惑料〟を渡すつもりだ。

三千万円を手に入れた翌日、街風は社長室を訪ね、何もかも話した。マスター・テープも聴《き》かせた。

社長はひどく驚き、すぐさま警察に通報した。あくる日、染谷と二人の暴力団組員は手錠を打たれた。同じ日に、天野と松尾は解雇された。

関東テレビは役員会議の結果、来年以降は『博通堂』との取引はしないことに決定した。その腹いせか、『博通堂』は天野と松尾の面倒は見ないと言い切ったらしい。現在、二人の元部長は失職中だ。

染谷にリストラの対象にされた局員たちは、それぞれ明るさを取り戻している。沙也加も染谷の机の中にあった淫《みだ》らな写真のネガを回収し、怯《おび》えから解放された。

(『ソドム』のママには、そのうちお仕置きをしてやろう)

街風はそう考えながら、次のシーンの台本に目を通した。

スタジオ収録は順調に進み、午後七時前に終了した。街風はADが用意した花束を出演者のひとりひとりに手渡し、スタッフ・ルームに引き揚《あ》げた。打ち上げパーティは、午後八時から赤坂のホテルで開かれることになっていた。

スタッフ・ルームで制作スタッフたちを犒《ねぎら》っていると、社長秘書の女性から街風に電話がかかってきた。

「すぐに社長室にいらしてもらえます？」

「なんの用なんだろう？」

「さあ、わたくしにはわかりません。来ていただけますね？」

「はい」

街風は受話器を置き、スタッフ・ルームを出た。

横領と詐欺《さぎ》まがいの悪事を理由に解雇されるのか。

街風は不安な気持ちで、最上階に上がった。

恐る恐る社長室に入ると、社長がにこやかに迎えてくれた。秘書の姿はなかった。

「きみのおかげで、局内のごみ掃除ができた。前々から染谷たち三人を社内のダニと見てたんだ。しかし、なかなかダニを退治する機会がなかったんだよ。それを、きみがやってくれたわけだ。心から礼を言う。街風君、ありがとう」

「社長、『フロンティア』とフェニックス・レコードの件ですが……」

「そのことなら、何も問題はない。わたしがうまく処理しておいた」

「ご迷惑をかけて、申し訳ありません。遣《つか》い込んだお金は退職金を前倒しにしたという形にしていただければ、ありがたいですね」

「その金は返す必要ない。ダニ、いや、ごみ掃除代として、きみにやろう。それより、きみに相談があるんだ」

「何でしょう？」

「特別手当を弾むから、今後も会社のダニ退治をしてもらえんかね？　悪徳社員が驚くほどいるんだよ」

「少し時間をください」

街風は即答を避けた。自分を高く売るための駆け引きだった。

「天野のポストが空《あ》いてるな。制作部長をやってみるか？」

「ありがたいお話ですが、二、三日じっくり考えさせてください」

「わかった。色よい返事を待ってるぞ」

社長が握手を求めてきた。

街風は社長の手を強く握り返し、意気揚々と社長室を出た。口笛を吹きたいような気分だった。

著者注・この作品はフィクションであり、登場する人物および団体名は、実在するものといっさい関係ありません。

（この作品『悪党社員　反撃』は、平成十年十二月、小社ノン・ノベルから『裏社員　反撃』として新書判で刊行されたものを改題しました）

祥伝社文庫

上質のエンターテインメントを！　珠玉のエスプリを！

祥伝社文庫は創刊15周年を迎える2000年を機に、ここに新たな宣言をいたします。いつの世にも変わらない価値観、つまり「豊かな心」「深い知恵」「大きな楽しみ」に満ちた作品を厳選し、次代を拓く書下ろし作品を大胆に起用し、読者の皆様の心に響く文庫を目指します。どうぞご意見、ご希望を編集部までお寄せくださるよう、お願いいたします。

2000年1月1日　　祥伝社文庫編集部

悪党社員《あくとうしやいん》　反撃《はんげき》　長編ネオ・ピカレスク

平成15年6月20日　初版第1刷発行

著者　南《みなみ》英《ひで》男《お》

発行者　渡辺起知夫

発行所　祥《しよう》伝《でん》社《しや》

東京都千代田区神田神保町3-6-5

九段尚学ビル　〒101-8701

☎03(3265)2081(販売部)

☎03(3265)2080(編集部)

☎03(3265)3622(業務部)

印刷所　堀内印刷

製本所　豊文社

ISBN4-396-33108-8　C0193

祥伝社のホームページ・http://www.shodensha.co.jp/